'The재판 Re재판'은 2008년 2월 6일 실제 있었던 사건을 계기로 벌어진 총 일곱 번의 재판(fact)을 픽션(fiction)으로 구성한 팩션(faction)입니다.

The 재판 Re 재판

The 재판
Re 재판

리얼 법정스토리
현직 변호사가 쓴

양홍규 지음

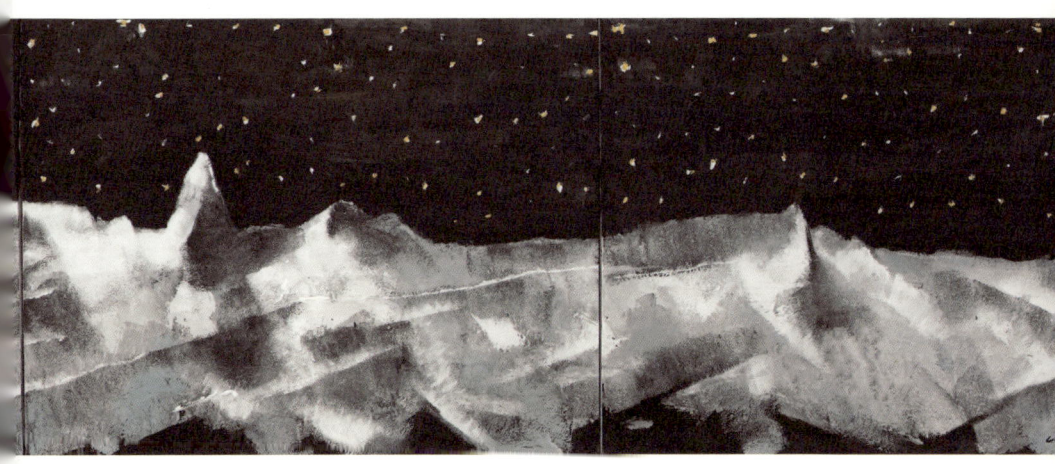

J&J Culture

The 재판(裁判)　Re 재판(再版)

정관사 'The'는 세 친구가 얽힌 이 사건의 재판(裁判)을 특정한 것이고, 한글 발음의 '더'는 영어 'more'를 의미해서 8번이나 재판이 계속되는 상황을 압축적으로 상징한다.
접두사 'Re'는 'again'의 의미로 같은 재판이 재판(再版), 다시 반복된다는 것을 나타낸다.

차례

1. 도망자들 - 한겨울밤의 질주 7

2. The 재판 I - 무죄 스토리 21

3. The 재판 II - 법정구속 83

4. The 재판 III - 상고기각 115

5. Re 재판 I - 증인이 된 상필 119

6. Re 재판 II - 야간 현장검증 151

7. Re 재판 III - 파기환송 231

8. Re 재판 IV - 뒤바뀐 진실 303

9. 마지막 재판 - 미궁의 끝 307

에필로그 315

1. 도망자들!

- 한겨울 밤의 질주

"한겨울 밤의 질주"

남명재와 조상필은 5~6년 전 아파트 테니스클럽 동호회에서 만난 이래 둘도 없는 사이가 되었다.

무언가 거리만 있으면, 평계 삼아 만나 술을 마시곤 했다.

"내일 명절 제사는 어디서 지내? 소주 한잔할까?"

명재는 그날이 구정 전날임에도, 술 한 잔 생각이 들어 상필을 불러냈다.

"그럼 손희재도 부를까?"

상필의 반가운 화답에 명재의 입가엔 어느새 군침이 돌았다.

은행동 뒷골목에 있는 두부두루치기 오감식당은 절친 세 명의 무언의 집결지로 하루가 멀다고 드나드는 단골집이었다.

명재는 식당 바로 옆에 있는 상필의 직장인 대한증권 대전지점 주차장에 주차하고 상필을 불러내기 일쑤였고, 그날도 예외는 아니었다. 세 명이 모이면 소주 네댓 병은 껌이었다.

사실 명재는 요즘 들어서 고민이 많이 생겼다.
나이가 오십이 가까이 되도록 친형인 동재가 운영하는 식품 가공 및 유통회사에서 형을 도와 일하다 보니, 천덕꾸러기가 된 느낌이었다.
게다가 매일같이 밤낮 가리지 않고 술을 마셔대니 형의 지청구가 이만저만이 아니었다.
부사장으로 높은 연봉을 받는 편이지만 독립하고 싶은 마음이 굴뚝같았다.
"야, 넌! 행복한 줄이나 알아! 형님 밑에서 꼬박꼬박 월급 나오는데 뭐가 불만이냐!"
상필의 산소리에 명재는 연신 술을 들이켰다.

"그래도 니들은 남자잖아! 난 매일 애들 뒤치다꺼리나 하고 집안일에... 나도 바깥에서 일하면서 인정받고 싶다고!! 인생 정말 노잼이다! 매일 똑같은 솥뚜껑 운전이 뭔 재미가 있겠냐! 다른 것도 운전해보고 싶어!"
희재의 너스레에 상필은 항상 똑같은 투로 이죽댔다.
"너는 남편이 돈 잘 버는데, 뭔 걱정이야! 난 직장생활 20년에 아직도 빚도 못 갚고 있으니...... 힘들다. 게다가 걸어 다니는 종합병원이니 참.......”

희재는 조그만 전기회사를 운영하는 남편과의 사이에 딸 둘을 둔 평범한 주부인데, 장고면 장고, 노래면 노래, 수예면 수예 모든 면에서 다재다능한 재주꾼이었다.

희재는 둔산동 주민센터의 지원프로그램인 사물놀이패의 장고수로 활동하면서, 거기서 꽹과리를 치는 상필과 일주일에 한 번 만나 연습을 하는 사이였다.

"야! 급 우울하다! 술이나 드셔!"
"그래! 술맛 떨어지는 소리 집어치우고, 지난번 펀드 운용으로 고객 돈 불려서 받은 돈썰이나 풀어봐!"
"짠~ 건배!"

중년의 남녀 세 명은 언제든 만나면 술에 걸신들린 듯 들이켰다. 어느 순간부터인지 목구멍을 타고 들어가는 소주의 맛이 느껴지지 않기 시작했다. 술이 술을 먹고 있었다.

사실 증권회사에 부장으로 근무하는 상필은 한때 주식과 펀드를 운용하며 많은 고객을 확보하여 돈을 좀 주물렀던 적도 있었다. 만일 한길로만 갔다면 지금보다는 형편이 나을 수도 있었다. 그런데 조금 모은 돈으로 친한 친구늘과 함께 구도심 헌 기운 데에 땅을 사서 건물을 지은 게 화근이었다.

그때 그 돈으로 둔산동에 상가건물이나 사 놓았더라면 부자가 됐을 텐데, 상필과 그의 친구들이 병원으로 분양, 임대하려고 지은 5층 건물이 공실 상태로 있다가 결국 빚만 짊어진 채 팔아야 했고, 상필은 늘 그 생각에 우울해지곤 했다.

그 때문인지 상필은 40대 중반을 매일같이 술로 보냈고, 체중이 급격히 불어나 작은 키에 비해 몸무게가 80kg이 넘는 배불뚝이가 되었고, 고혈압과 당뇨에 우울증 치료까지 받고 있었다.

"야 상필아! 이제라도 열심히 살면 되잖아! 그래도 요즘은 실적이 좋아 빚도 많이 갚았고, 경기만 좋아지면 다시 많이 벌 수 있잖아!"

늘 상필을 위로하는 건 깡마른 체구의 명재였다.

어느새 소주 네댓 병이 비워지고, 주위 사람 아랑곳하지 않고 큰 소리로 떠들어 대는 중년 남녀 세 명의 술주정 때문에 식당 손님들이 하나둘씩 자리를 떴다.

사실 희재에게 그날은 가정의 굴레에서 해방된 날이었다.

매년 명절을 쇠러 구정 전날 태안에 있는 시댁으로 가곤 했는데, 얼마 전 디스크 수술받은 것을 핑계로 이번에는 남편 혼자서 본가에 갔기 때문이다.

"오랜만에 둔산동 쪽 노래방으로 2차 갈까?"

그날따라 희재가 노래를 부르고 싶은지, 자꾸 자리를 옮기자고 보챘다. 다들 희재의 텐션에 홀리듯이 말했다.

"좋다!!! 노래방 콜!!!"

구정 전날이어서 그런지 대리운전 콜센터가 계속 통화 중이었다.

"대목이라고 전부 통화 중이네. 더 기다릴래?"

상필이 전화기를 내려놓으며 말했다.

"단골 기사 없냐? 다시 해봐. 요즘은 음주운전 걸리면 빼박이야. 옛날이나 청소년 범죄예방 위원이 통했지, 지금은 명함도 못 내밀어."

지역유지 소리 듣는 명재의 은근한 인맥 자랑질을 들으며 상필이 다시 한번 이곳저곳 전화를 해서 대리운전기사가 있는지 물었다.

"야, 한 군데 연결됐는데 40분은 기다려야 한 대. 어떻게 할래?"

"그걸 어떻게 기다려? 둔산동까지 10분이면 가지 않을까? 필받았을 때 한잔 더하고 노래해야지 끊기면 흥이 나겠니? 응?"

수술을 핑계로 소주 몇 잔을 들었다 놓았다만 하던 희재가 상필과 명재를 보며 재촉했다.

할 수 없이 세 명의 친구는 차를 직접 운전해서 출발하기로 했다.

은행동에서 둔산동 쪽으로 이어지는 대전천 하상도로는 한산했다.

원래 출, 퇴근 러시아워 시간대를 빼놓고는 한산했는데, 그날따라 명절 전날이라서 그런지 승용차 한두 대 정도만 앞서가고 있었다.

둔산동 쪽으로 이동하는 승용차 안에서 명재와 상필은 각자 집으로 전화를 걸어 명절 제수(祭需) 준비 중인 이내에게 고향 친구들이 명절 쇠러 내려와서 한잔 걸치고 들어간다고 둘러댔다.

희재 역시 남편과 딸들에게 전화를 걸어 저녁밥 잘 챙겨 먹으라고 잔소리를 늘어놓으며 미안한 마음을 삭이고 있었다.

여기저기 명절 인사를 하느라 분주히 전화기를 눌러대면서 전화 음과 콧노래가 뒤섞이고, 승용차는 하상도로를 따라 서서히 둔산동 쪽으로 이동하고 있었다.

대전천 하상도로를 가로지르는 호남선 철길 교각 밑을 바로 지나쳐 중촌동 삼육주유소 앞 하상도로에 다다르니 앞서가던 차들이 길게 꼬리를 물고 정체되어 있었다.

"앞에 사고가 났나 봐!"

한참을 걱정스러운 눈으로 보고 있었는데, 순찰차의 경광등과 경찰관들이 든 신호봉이 멀리 앞에서 반짝이는 게 희재 눈에 들어왔다.

"앗! 음주단속이다!"

희재의 외마디 비명이 다급하게 들렸다.

"뭐?"

"명절 전날인데, 음주단속을 한다고?"

"아이고 큰일 났네!"

세 사람이 고개를 쭉 빼 들고 소리를 치면서 걱정스러운 얼굴로 앞을 바라보고 있었는데, 명재가 갑자기 소리쳤다.

"내려서 튀어~!"

"왜?"

"빨리~! 빨리~!"

길게 꼬리를 문 채 차들이 기어서 움직이던 차선에서 승용차 한 대가 그대로 멈춰서더니, 문이 열리고, 명재와 상필이 다급히 뛰쳐나갔다.

그리고 멈춰 선 차 뒤쪽으로 달렸다.

"어엇! 희재는?"

달리던 명재가 갑자기 돌아서서 멈춰있는 차를 향해 왔던 길을 다시 뛰어갔다.

잠시 후 그 차는 차선에서 완전히 벗어나 갓길 쪽으로 빠져나오더니, 다시 멈추고 전조등이 꺼졌다.

무심코 지나가던 차들은 옆에 주차된 차량에서 무슨 일이 일어나고 있는지 관심도 없는 듯했다.

"이런! 바쁜 명절에 무슨 음주단속을 하는 거야! 빨리빨리 해!"

차량이 정체되자, 성질이 급한 누군가가 창문을 열고 앞을 향해 불만을 터트렸다.

"빨리! 빨리!"

"아이고!"

명재가 희재의 팔을 잡고 다시 뒤쪽으로 딜려갔다.

호남선 철길 교각 뒤에 숨어 이를 지켜보던 상필은 명재와 희재가

1. 도망자들!

달려오자 함께 뛰기 시작했다.

"달려! 달려!"

"아이고!"

세 명의 목소리가 뒤엉키고 다급한 세 명의 질주가 하상도로 위 뚝방길 위쪽으로 향하고 있었다.

번쩍거리는 경광등을 머리에 인 순찰차 한 대가 멀리 음주단속 현장에서 움직이기 시작하더니, 다급한 사이렌 소리를 내뿜으며 하상도로 위 뚝방길을 따라 도망자들을 향해 황급히 이동했다.

음주단속 현장 쪽에서 의경 한 명이 도망치는 사람들을 향해 뛰어오면서 소리쳤다.

"거기 멈춰요!"

"멈추세요!"

요란스럽게 달려오는 순찰차 안에서 경찰관이 차 문을 열고 머리를 내밀어 확성기로 방송하자, 희재는 도망을 포기하고 뚝방길 위에 멈춰 섰다.

희재를 앞서 달리다가 숨을 쉴 수 없을 정도로 지친 상필은 뚝방길 넘어 골목길로 접어드는 입구에서 풀썩 주저앉았다.

키도 작은 80kg대의 뚱뚱한 상필이 두꺼운 파카 점퍼를 입은 채 100여 미터 이상을 달려서 도망치는 것은 너무나 무리였다.

뛰어오던 의경 오창원이 뚝방길 위에서 멈춰선 희재를 지나치더니, 주저앉아 숨을 몰아쉬고 있던 상필에게 다가가 그의 앞을 가로막았다.

겨우 걸어서 도망치다가 뚝방길 위에 멈춰선 희재는 거친 숨을 몰아쉬면서 휘둥그런 눈으로 그 장면을 바라보고 있었다.

그때 순찰차가 굉음을 울리면서 희재를 지나쳐 상필 옆에 정차하더니, 거기서 내린 신석현 경사가 상필을 노려보면서 거칠게 몰아쳤다.
"왜 도망치는 거예요? 당신 음주운전 했지?"
상필은 숨을 몰아쉬면서 고개만 내 저을 뿐이었다.

명재는 잽싸게 뛰어 골목길 안쪽 어둠 속으로 사라져 버렸고, 희재가 좀 떨어진 곳에 움츠린 채 멈춰서서 경찰관들과 실랑이를 벌이는 상필을 걱정스럽게 보고 있었다.

창원은 제대를 몇 개월 앞둔 의경이었다.
가끔 음주단속 현장에서 이렇게 차를 세워두고 도망치는 사람이 있었다.
"저기 도망친다! 잡아!"라는 팀장 신석현 경사의 지시를 받은 창원이 쏜살같은 질주로 달려와 상필을 가로막아 선 것이었다.

석현은 이제 갓 경사 계급장을 단 호기(豪氣) 좋은 팀장으로 베테랑 교통계 형사였다.

석현은 이내 상필에게 음주측정기를 들이댔다.

"물로 입을 헹군 다음 음주 측정을 해도 됩니다."

상필을 연신 거친 숨을 몰아쉬며 고개를 내 저었다.

"내가 운전한 거 아니에요! 운전자가 도망쳤어요."

그러나, 석현은 단호했다.

"내가 다 봤어요! 어서 불기나 해요!"

"아니에요. 내가 운전 안 했어요! 운전한 사람을 부를게요."

상필의 손가락이 부산스럽게 전화기를 눌러댔지만 통화되지 않았다.

"운전자가 도망쳤어요. 나는 운전 안 했어요!"

상필이 하소연하면서 한참을 버텼지만, 석현은 음주 측정을 모면하려는 상필의 수작에 한 발짝도 물러서지 않았다.

그사이 음주단속을 마무리한 다른 경찰관들이 하나둘씩 그곳으로 모여들었다.

"음주 측정 거부로 입건해야겠네! 음주 측정 거부는 단순 음주운전보다 더 중한 처벌을 받을 텐데!"

몰려든 경찰관 중 누군가가 팀장인 신 경사를 거들었다.

버티던 상필이 포기했는지 연신 거친 숨을 몰아쉬며 석현이 들이댄 음주측정기에 숨을 불어 넣었다.
"훅~훅~!"
"더~더~더~더~!"

걱정으로 충혈된 동그란 눈빛의 희재와 자포자기한 듯 음주측정기에 숨을 불어넣는 상필의 모습이 뒤엉켰다.
"훅~훅~!"
"더~더~더~더~!"

"더~더~더~더~!"

"나는 정말 운전 안 했다고요. 운전자가 도망쳤다니까요."
어렵게 음주 측정이 끝났는데도, 상필은 신 경사가 내민 음주 운전자 적발 보고서에 끝내 날인을 거부했다.
"피의자는 지금 동행을 거부할 수 있고, 경찰서에 가서도 바로 퇴거할 수 있으며, 변호사를 선임하여 조력을 받을 수도 있습니다."
신 경사는 할 수 없다는 듯 임의동행수칙(任意同行守則)을 고지한 후 상필을 순찰차에 태웠다.
중부경찰서에 도착해서도, 상필의 하소연은 계속됐다.
"내가 운전 안 했다니까요. 운전한 사람을 부를게요!"

신 경사는 상필이 가르쳐주는 대로 명재에게 전화를 걸어 경찰서로 오라고 말한 다음 계속 난동을 부리는 상필에게 전화를 바꾸어 주었다.

"명재야! 내가 경찰서에 잡혀있다. 이곳으로 와줘!"

상필이 명재에게 요청했지만, 명재는 끝내 그날 밤 경찰서에 나타나지 않았다.

취중에 자정까지 시달리면서 조사를 받고 돌아오는 상필의 머릿속은 엉킨 거미줄처럼 생각이 복잡했다.

'이게 뭐야! 이게 뭐지?'

2. The 재판 I
- 무죄 스토리

"열 사람의 범인을 방면(放免)하는 한이 있더라도, 한 사람의 억울한 사람을 만들지 말라!"

2008년 8월 1일 법원으로부터 상필에게 우편으로 공소장(公訴狀)이 왔다.

'피고인은 60수0000호 승용차 운전업무에 종사하는 사람으로, 2008년 2월 6일 22:05경 운전면허 없이 혈중알콜농도 0.091%의 주취 상태로 대전 중구 은행동 소재 대한증권 주차장에서 대전 중구 중촌동 소재 삼육주유소 앞 도로에 이르기까지 약 3.1km 구간을 운전하였다'라는 내용이었다.

"무면허, 음주운전이지만, 사고 없는 단순 음주운전이고, 초범인 데다가, 혈중알콜농도 0.091%로는 비교적 경미한 정도라서 통상 벌금형 처벌을 받습니다."

조언해준 황윤찬 변호사의 말에 상필과 명재는 조금은 안심되었다.

"잘못했다고 인정하고 벌금형을 받을까?"

상필이 명재에게 조언을 구했는데 명재가 단호하게 제지했다.

"아니야! 나랑 희재가 사실대로 증언할게! 니가 운전 안 했다고."

얼마 후 법원으로부터 상필에게 우편으로 10월 1일 오전 10시 공판기일(公判期日)에 출석하라는 통지서가 왔다.

사실 법정에 서는 것은 누구에게나 두려운 일이다.

무언가 조그만 죄라도 짓고 자신을 심판하는 판사 앞에 서면 아무리 강심장이라고 해도 고양이 앞에 쥐 꼴이다.

10월 1일 오전 10시 공판기일, 상필은 말끔한 양복을 입고 법정에 들어섰다.

앞선 재판들이 몇 차례 진행되고 있었고, 이윽고 판사가 상필을 호명했다.

"2008고단0000 도로교통법위반(음주운전 등), 피고인 조상필!"

황 변호사가 일어서 앞서 나가 좌정(坐停 ; 자리잡고 앉음)했고, 상필이 뒤따라 나가 황 변호사의 옆에 섰다.

의외로 어려 보이는 판사가 법복을 입고 법대에 앉아서 내려보고 있지만, 상필은 눈을 들어 제대로 앞을 바라볼 수가 없었다.

"피고인은 개개의 신문에 대하여 진술을 거부할 수 있고, 이익되는 사실을 진술할 수 있습니다."

판사는 상필에게 진술거부권(陳述拒否權)을 고지(告知)한 후, 성명, 생년월일, 직업, 주소, 등록기준지 등을 물어보았다(인정신문 ; 人定訊問).

상필은 유심히 자기의 얼굴을 내려다보면서 질문을 하는 젊은 판사 앞에서 주섬주섬 대답한 후 그대로 얼어붙은 채 서 있었다.

"자리에 앉으세요!"

판사의 말을 듣고도 멍하니 서 있는 상필을 황 변호사가 손을 잡아끌어 앉도록 했다.

"검사, 공소요지(公訴要旨) 진술하시죠!"

부드럽지만 힘이 들어간 말투로 판사가 재판 진행을 하고 있었다.

"피고인은 60수0000호 승용차 운전업무에 종사하는 사람으로, 2008년 2월 6일 22:05경 운전면허 없이 혈중알콜농도 0.091%의 주취 상태로 대전 중구 은행동 소재 대한증권 주차장에서 대전 중구 중촌동 소재 삼육주유소 앞 도로에 이르기까지 약 3.1km 구간을 운전하였다'라는 것입니다."

검사가 공소장을 읽어 내려가는 것을 들으면서, 상필은 두 주먹을

쥐었다 폈다를 반복하며 무릎을 움켜쥐었다. 심장 소리에 가슴이 터질 것 같은 느낌이었다.

판사가 황 변호사를 바라보면서 물었다.
"변호인! 이미 제출된 의견서 내용과 같이 공소사실을 부인(否認)하는 것인가요?"
"네 그렇습니다. 운전자가 자신이 아니고 남명재라는 것이 피고인의 변소요지(辯訴要旨)입니다."
황 변호사가 짤막하게 답변했다.

"피고인! 방금 말씀하신 변호인의 의견과 같은가요?"
판사가 상필을 바라보면서 묻자 상필은 입술을 파르르 떨면서 정신이 없는 듯 내뱉었다.
"네에... 저는 운전하지 않았습니다."

판사가 검사를 향해 증거목록(證據目錄)을 제출할 것을 명(命)했다. 검사가 증거목록 2부를 법대 아래에 앉아 있는 법원 실무관에게 건네자 그가 이를 건네받아 한 부를 판사에게, 한 부를 황 변호사에게 건넸다.
"제출된 증거목록에 의거하여 증거인부(證據認否)하시지요!"
판사가 황 변호사에게 무어라 말하지만, 상필의 귀에는 아무것도 들리지 않았다.

"경찰관 신석현, 오창원의 경찰, 검찰 진술, 경찰관 신석현 작성의 수사보고서는 각 부동의, 피고인에 대한 경찰 작성의 피의자신문조서는 내용 부인, 심리생리검사 결과 보고, 음주 운전자 적발 보고서, 주취 운전자 정황 진술 보고서는 각 동의하고, 입증취지 부인, 남명재, 손희재의 경찰, 검찰 진술, 통화내역 확인 보고는 각 동의하고 이익으로 원용(援用 ; 끌어씀)합니다."

어렵고 복잡한 황 변호사의 증거인부가 이어졌다.

"피고인에 대한 경찰 작성의 피의자신문조서는 피고인이 내용을 부인하므로 증거신청(證據申請)을 기각합니다. 검사! 증거신청 하시지요."

판사가 증거능력이 없는 증거에 대하여 증거신청을 기각하고, 검사에게 증거신청 할 것을 명했다.

"증인으로, 단속 경찰관들인 신석현과 오창원을 신청합니다."

검사가 증인 2명을 신청했다.

"변호인 측은 어떤 증거를 신청할 것인가요?"

판사가 황 변호사를 향해 물었다.

"이미 경찰, 검찰에서 사실대로 진술한 조서들은 있지만, 사안의 실체를 명확히 밝히기 위해 당시 차량에 함께 동승 했던 남명재와 손희재를 증인으로 신청하고, 평소 피고인이 전혀 운전하지 않는 사람이라는 사실을 확인하기 위해 피고인의 직장 동료 박승호를 증인으로 신청하겠습니다."

황 변호사의 답변이 끝나자, 판사가 법대 앞에 놓인 컴퓨터 모니터를 한참 동안 주시하면서 증인신문기일을 선택하고 있었다.

"검찰 측 증인 신석현과 오창원 2명에 대하여 10월 20일 오후 5시에 먼저 신문을 하고, 그다음 기일에 피고인 측 증인 남명재와 손희재, 박승호에 대하여 신문을 하겠습니다"

판사는 증인신문기일을 지정하고, 상필에 대한 재판을 마쳤다.

방청객 수십 명의 눈총을 받으면서 법정 밖으로 나오는 상필의 발걸음이 쓰러질 듯 휘청거렸다.

"이런 사건으로 판사가 몇 번씩 재판을 하나요? 이미 경찰, 검찰에서 조사를 여러 차례 했는데, 왜... 또... 증인을 불러대는 겁니까?"

상필은 가뭄에 갈라진 논바닥 같은 목소리로 중얼거리듯이 물었다. 황 변호사는 부인하는 이런 사건의 통상적인 재판절차라고 무덤덤하게 대답했다.

법정 밖에서 기다리던 명재와 희재를 보자 상필은 현실로 돌아온 느낌이었다.

상필은 재판 생각에 밤잠도 설쳤고, 아침도 못 먹었기에 무척 허기가 졌다. 명재가 그런 상필의 마음을 읽었는지 횡단보도 건너편 식당 쪽으로 방향을 잡았다.

단숨에 순대국밥 한 그릇을 뚝딱 해치운 상필의 입에서 언제나 같이 불만 섞인 푸념이 튀어나왔다.

"평생 죄 안 짓고 살아왔는데, 법정에 서니 너무 떨려서 정신이 없네! 그러기에 왜 도망가라고 한 거야!"

상필은 이 사건 이후 명재와 희재를 만나면 언제나 불만을 털어놓곤 했다. 누구라도 시비를 걸면 덤벼들 듯 짜증 가득한 상필에게 명재와 희재는 아무 말도 하지 못했다.

증인신문기일을 기다리기까지 20여 일의 시간이 꽤 길게 느껴졌다.

그 사이 명재와 상필은 자주 만나 술을 마시곤 했지만, 예전처럼 흥은 없었다.

소주 네댓 병을 나눠 마시면 늘 불만은 상필의 몫이다.

"내가 운전했다고 말할게! 걱정하지 마!"

명재가 상필을 위로하곤 했지만, 상필의 정신세계는 경찰, 검찰 조사를 받은 후 재판에 넘겨지면서부터 뒤죽박죽이 되어 분노, 우울의 롤러코스터를 타고 있었다. 꼬깃꼬깃 구겨진 깡통처럼 날카롭고 시끄러웠다.

한때, 상필은 경찰서에서 신 경사가 다그치자 "그럼 내가 운전한 걸로 해요! 그렇게 할게요!"라고 울며겨자먹기식으로 음주운전 사실을 인정한 바도 있었다.

10월 20일 오후 5시, 첫 번째 증인신문 기일이 다가왔다.
말쑥한 차림의 신석현과 젊고 날렵한 모습의 오창원이 이미 법정에 와서 기다리고 있었다.
판사의 호명에 신석현과 오창원이 법정 앞에 섰다.

"양심에 따라 숨김과 보탬이 없이 사실 그대로 말하고, 만일 거짓이 있으면 위증의 벌을 받기로 맹세합니다!"
두 사람이 증인선서(證人宣誓)를 한 후, 판사는 오창원에게 잠시 밖으로 나가 기다려 달라 말하고, 검사에게 증인신문을 시작하라고 명했다.

검사가 수사 기록을 제시하면서 신석현에게 주신문(主訊問 ; 신청인 측에서 먼저 하는 신문)을 시작했다.

검사   증인! 경찰과 검찰에서 모두 사실대로 진술했고, 그 내용들을 확인하고 서명 날인 하였나요?
신석현   네!

검사   증인은 대전 중부경찰서 소속 경찰관인가요?
신석현   네!

검사   2008년 2월 6일 21시경부터 22시 30분경까지 대전 중구 중촌동 삼육주유소 앞 하상도로에서 증인을 비롯한 중부서 소속 경찰관 3명과 의경 8명이 음주단속을 실시하였나요?
신석현   네!

검사   증인은 팀장으로 음주단속을 지휘하면서 멀리서 꼬리를 물고 다가오는 차량을 살펴보고 있었나요?
신석현   네!

검사   그런데, 22시 5분경 단속 지점에서 약 80미터 정도 떨어진 곳에서 승용차 한 대가 도로 진행 방향 좌측 갓길

	로 삐쳐나오는 모습이 보였나요?
신석현	네!

검사	그 승용차는 갓길에 멈춰서더니 소등을 하였나요?"
신석현	네!

검사	그러더니 그 승용차 운전석 쪽에서 남자 한 명과 조수석 쪽에서 여자 한 명이 차에서 내려 뒤쪽으로 달려가기 시작하였나요?
신석현	네!

검사	운전석에서 내린 사람의 인상착의를 기억할 수 있나요?
신석현	네! 검은색 파카 점퍼를 입은 뚱뚱한 사람이었습니다.

검사	그 사람이 이 사건 피고인이었나요?
신석현	네! 그렇습니다.

검사	운전자가 다른 사람일 가능성이 있나요?
신석현	없습니다. 제가 운전석에서 내려 도망가는 사람을 직접 보았고 그를 지켜보면서 차를 몰고 그쪽으로 쫓아간 것이니까요.

검사의 주신문이 끝나자, 판사의 명에 의해 황 변호사의 반대신문 (反對訊問 ; 주신문에 대한 탄핵신문)이 이어졌다.

변호사   증인 등 경찰관들이 음주단속을 하던 장소로부터 피고인 차량이 멈춰선 장소까지는 몇 미터 정도 되나요?
신석현   대략 80미터 정도 될 겁니다.

변호사   거리를 실제 측정해보았나요?
신석현   대략 어림잡은 것입니다.

변호사   당시는 어두운 시간이었지요?
신석현   가로등이 있고 차량이 전조등을 켜고 줄지어 있어서 잘 보였습니다.

변호사   차량의 전조등 불빛으로 오히려 시야가 분간이 어렵지 않았나요?
신석현   아닙니다. 잘 보였습니다.

변호사   차량에서 내린 사람이 뚱뚱한 사람인지, 깡마른 사람인지 잘 분간이 되던가요?
신석현   네! 분명히 뚱뚱한 사람이 운전석 쪽에서 내렸고 여자

한 명이 조수석 쪽에서 내렸습니다.

변호사 운전석에서 내린 사람이 어떤 옷을 입었는지도 잘 보였나요?

신석현 네! 검은색 파카 점퍼를 입고 있었습니다.

변호사 두 사람 외 다른 사람이 도망치는 것은 못 봤나요?

신석현 네!

확신에 찬 석현의 진술에 황 변호사는 기가 찬 듯 말문이 막혀버렸다.

잠시 질문을 끊고 사건기록을 뒤적거리던 황 변호사는 자세를 가다듬고 다시 질문을 이어갔다.

변호사 혹시 먼저 내려 도망친 사람이 있을 수 있지 않나요?

신석현 아닙니다. 분명 두 사람이었습니다.

변호사 조상필과 남명재, 손희재는 경찰, 검찰에서 모두 운전자가 조상필이 아니고 남명재라고 진술하였는데, 어떤가요?

신석현 이미 도망쳐 버려 음주운전으로 처벌할 수 없는 남명재에게 혐의를 뒤집어씌워 조상필의 죄마저 덮으려는 것으로밖에 볼 수 없습니다.

변호사　그게 무슨 뜻인가요?

신석현　남명재는 도망쳐서 음주 측정을 못 한 상태라서 처벌을 할 수 없게 되었지요? 이 사건에서 조상필에 대하여 무죄만 이끌어 낸다면 결국 두 사람 모두 처벌을 면할 수 있는 것 아니겠습니까?

황 변호사의 말문이 아예 막혀 버렸다.

변호사　……

신석현　그리고 수사 기록을 살피면 알 수 있듯이 조상필은 경찰에서 조사받으면서 음주운전 사실을 부인하다가 인정하기도 하는 등 횡설수설하였습니다.

석현의 진술이 계속 이어지자 판사가 제지하고 나섰다(판사의 개입신문).

판사　증인! 피고인에 대한 경찰 작성의 피의자신문조서는 증거능력이 없는 증거로 이미 기각되었으니 이를 원용하지 않도록 해주시기 바랍니다."

황 변호사는 석현에게 수사 기록을 제시하면서 질문을 이어갔다.

변호사 수사 기록 16쪽 통화 내역 확인 보고는 피고인 조상필, 손희재, 남명재 등 세 명의 통화기록 기지국 확인 조회 내역으로, 이를 통해 위 세 명의 사건 당시 이동 동선을 확인할 수 있는 것이지요?

신석현 네!

변호사 위 통화기록 기지국 확인 조회 내역을 살피면 피고인과 손희재 뿐만 아니라 남명재도 은행동에서 이 사건 음주단속 지점까지 함께 이동한 것으로 나오는데, 어떤가요?

신석현 맞습니다!

변호사 이 사건 차량의 소유주는 남명재인데, 그렇다면 남명재는 은행동에서부터 이 사건 장소 부근까지 자신의 차량과 같은 속도로 달려서 자신의 차량을 쫓아온 것이네요?

신석현 그건… 제가 모르죠!

변호사 아니라면 남명재가 자신 소유의 차량에 타지 않고 다른 차량으로 음주단속 현장까지 이동했다는 것이어서, 이것은 상식적으로 납득가지 않는 일로 보이는데, 어떤가요?

신석현 ……

먼저 차에서 내려 도망친 명재를 신 경사가 시야에서 놓친 것이라고 어필하기 위해 애쓰는 황 변호사의 모습이 안쓰럽게 보였다.

이어서 판사가 보충신문(補充訊問 ; 주신문과 반대신문이 끝난 후 판사가 하는 신문)을 하기 시작했다.

판사	통화기록 기지국 확인 조회를 살피면 피고인, 손희재, 남명재 3명이 은행동 쪽에서 단속장소까지 함께 이동한 것으로 나오는데, 그러면 갑자기 남명재는 어디로 간 것인가요?
신석현	저는 남명재를 보지 못했습니다.

판사	운전석 쪽에서 남명재가 먼저 내려서 도망가고 난 후 운전석 뒷좌석 쪽에서 조상필이 내려서 도망가는 모습을 봤을 수도 있지 않나요?
신석현	저는 뚱뚱한 체구의 조상필만 운전석 쪽에서 내리는 것을 보았을 뿐입니다.

판사	당시는 야간이고 80여 미터 멀리 떨어진 곳에서 보았다면 운전식 뒷좌식에서 내려도 운진석 쪽에서 내리는 것으로 보일 수 있지 않나요?

신석현 저는 남녀 두 명이 내리는 것만 보았을 뿐이고 운전석 쪽에서 내린 사람이 뚱뚱한 체격의 조상필이었습니다.

판사 당시 음주단속은 둔산동 쪽으로 향하는 하상도로와 그 반대 방향인 은행동 쪽으로 향하는 뚝방길, 쌍방향에서 진행되었지요?

신석현 네! 그런데 승용차가 멈춰 설 당시에는 하상도로 쪽만 바라보고 있었고 그래서 승용차에서 내리는 사람들을 똑똑히 목격한 것입니다.

신 경사의 입장은 단호하고 변함이 없었다.

밖에 있던 오창원 의경이 들어섰다.

주신문, 반대신문, 보충신문을 모두 거쳤지만, 석현과 별 다를 바 없는 진술이었다.

다만 창원의 진술은 하상도로를 가로지르는 철길 및 그 아래 교각 때문에 시야가 막혀 도망가는 남자를 약 3초 정도 놓쳤다가 철길 위로 도망가고 있는 상필을 다시 발견하여 쫓아가서 그를 붙잡게 되었다는 내용이었다.

그런데 창원도 역시 남자 한 명과 여자 한 명이 차에서 내려 도망가는 것을 발견하고 뒤쫓아가 그 남자를 붙잡았고, 그 사람이 피고인 조상필이라고 확신하고 있었다.

단속 경찰관이었던 신석현 경사와 오창원 의경에 대한 증인신문이 끝났다.

간간이 들리는 헛기침 소리가 메아리가 될 만큼 법정은 조용했고 굳게 입을 다문 검사의 눈매에 걸친 공기조차 스산했다.

'이 정도면... 난... 난 끝난 것 아닌가?'

상필은 피고인석에 앉아 두 사람의 증언을 들으면서 넘어지기 시작하는 도미노처럼 한 칸씩 무너지고 있었다.

"남명재, 손희재, 박승호 등 세 명에 대한 증인신문기일은 11월 24일 오후 5시에 하겠습니다."

판사가 다음 증인신문기일을 지정하면서, 상필에 대한 재판을 마쳤다.

석현과 창원에 대한 증인신문이 끝나고 법정에서 나오는 발걸음들이 무거워 보였다.

밖에서 초조하게 기다리던 명재와 희재는 법정 안에서 어떤 일이 있었는지 묻지도 못하고, 무거운 발길음을 보탰다.

"변호사님! 어떨까요?"

명재는 황 변호사를 만날 때마다 늘 다그치듯 물었다.

원래 말수가 별로 없고 점잖기로 유명한 황 변호사가 걱정스러운 말을 보탰다.

"경찰관들이 저렇게 확신하고 있으니, 걱정이네요! 다음 기일에 증인신문을 해보면 알겠지요."

사실 희재는 경찰, 검찰에 불려가 진술하면서 잔뜩 겁을 먹었었다. 경찰, 검찰에 한 번씩 모두 두 번 불려가 상필은 운전하지 않았고 명재가 운전했다고 진술했지만, 경찰관도, 검사도 전혀 믿어 주질 않았다.

검찰에서 진술한 후 조사실을 나서는데, 젊은 검사가 안타깝다는 표정으로 바라보면서 했던 말에 등골이 오싹했다.

"법원에 가서도 그렇게 말해보세요. 위증죄로 처벌될 겁니다."

"위증죄가 뭐예요?"

희재가 황 변호사에게 물었다.

"판사 앞에서 증인선서 후 거짓말을 하면 처벌받는 것입니다."

황 변호사의 설명에 희재는 더욱 겁을 먹은 듯 말했다.

"그럼, 난 법원에 가고 싶지 않아요! 남편과 상의했는데 그런 데까지 말라고 하더라구요. 만일, 그런 데 엮이게 되면 이혼을 각오하라고!"

갑자기 다음 기일에 증인출석을 하지 않겠다는 희재의 선언에 난감한 건 상필뿐만이 아니었다.

명재도, 황 변호사도 어찌할 바를 모르고 상필의 얼굴만 번갈아 바라보았다.

"나는 아무 잘못이 없어요. 그냥 잡아끌어 내려 튀라고 해서 도망간 것뿐이에요."

희재는 울먹울먹 말하고는 총총걸음으로 가버렸다.

화가 났는지 상필도 반대쪽으로 걸어갔고, 남은 명재와 황 변호사만 뻘쭘하게 서서 대화를 이어갔다.

"이제 어떻게 되는 건가요?"

"신석현, 오창원 등 단속 경찰관들의 말을 믿고 동승자인 남명재와 손희재의 말을 믿지 않으면 유죄가 될 수 있겠고, 그 반대라면 무죄가 되겠지요."

"만일 유죄가 인정되면 어떤 처벌을 받나요?"

"무면허에 음주운전이지만, 사고없는 단순 음주운전이고, 초범이고, 혈중알콜농도가 0.091%로 비교적 경미한 편이러서 통상은 벌금형 처벌을 받습니다."

"최악이라도 구속은 안 되겠지요?"

"최악의 경우라도 구속은 안 될 것이고 아마도 징역형의 집행유예 선고를 받게 될 걸로 예상되네요."

"징역형의 집행유예가 구체적으로 뭐죠?"

"징역형을 선고하되 실제 그 형을 살지는 아니하고 그 형의 집행을 유예한다는 의미이고요, 추후 취소되지 않고 그 유예기간이 지나면 형 집행이 면제된다는 것입니다."

"그보다 더 최악의 경우는 없나요?"

"……글쎄요."

집요하다시피 한 명재의 질문은 황 변호사가 바쁘다면서 자리를 뜰 때까지 계속 이어졌다.

황 변호사와 헤어지고 집으로 돌아오는 길에 명재는 서너 차례 상필에게 전화를 걸었지만, 상필은 끝내 받지 않았다.

11월 24일 오후 5시, 두 번째 증인신문기일이었다.

어찌 된 일인지 희재가 법정에 와 앉아 있었고 상필의 오랜 직장 동료 승호라는 사람도 미리 와 앉아 있었다.

사실 두 번째 증인신문기일을 기다리는 한 달 동안, 명재는 희재를 세 번이나 만나 상필이를 도와주자고 애원했다.

"희재야, 니 남편이 이혼 얘기까지 했다는 걸 들으니 니 입장은 충분히 이해해. 하지만, 나도 나지만 너는 그러면 안 되잖아."

"니가 무슨 말 하는지 알아. 내가 먼저 알게 된 것도 상필이고 그동안 더 가깝게 지냈으니까... 너는 상필이 통해서 나중에 알게 된 거고. 하지만 겁나, 모든 게 다 겁나."

"그래, 알아. 나도 겁나. 형 도와 사업하면서 만만치 않은 사회생활 다 겪어봤지만, 경찰서나 법원 가는 건 지금도 겁나. 그런데, 희재야. 이 문제는 우리 셋 중에 누가 잘못했냐를 가리려는 게 아니라 누가 책임질 거냐를 정하는 거잖아. 상필이가 아무 잘못 없는 건 너도 알잖아. 그러니까 법정에 가서 증언하자. 내가 운전했다고 하자."

"... 알았어. 오늘내일 고민해보고 연락할게."

결국, 세 번의 설득 끝에 차량 동승자이고 당일 알리바이가 확실한 희재의 증언이 가장 중요할 수 있다는 황 변호사의 말을 전달해서, 법정에 데리고 나오게 된 것이었다.

명재, 희재, 승호 등 세 명에 대한 증인선서를 명재가 대표로 낭독한 후, 판사의 명에 따라 황 변호사가 먼저 명재에게 주신문을 시작했다.

변호사 증인은 사건 당일 조상필, 손희재와 함께 대전 중구 은행동에 있는 오감식당에서 저녁 식사를 겸하여 소주를 마셨나요?

남명재 네!

변호사 당일 마신 술은 얼마 정도 되나요?

남명재 소주 4~5병 정도 됩니다.

변호사 증인은 얼마나 마셨나요?

남명재 좀 마신 것 같은데 잘 기억나지 않습니다.

변호사 1차로 술자리를 파하고 둔산동 쪽 노래방으로 2차를 가기로 했나요?

남명재 네!

변호사 증인은 대리운전기사를 불렀나요?

남명재 식당 주인을 통해 대리운전 기사를 부르도록 했고, 상필이가 대리기사 콜센터 몇군데 전화했지만, 그날은 구정 전날 밤이라서 그런지 대리운전이 잡히지 않았습니다.

변호사 그래서 증인은 할 수 없이 운전대를 잡게 되었나요?

남명재 네. 차량이 제 소유고 은행동에서 둔산동까지는 4~5km 정도밖에 되지 않은 데다가 취기도 별로 없어 운전대를 잡게 되었습니다. 죄송합니다.

변호사 그런데 중촌동 하상도로를 가로지르는 호남선 철도 교각을 지나 삼육주유소 앞 하상도로에 다다랐을 무렵 멀리서 음주단속을 하는 것을 인지했나요?

남명재 네!

변호사 증인은 음주단속에 걸리면 차를 그대로 놓고 도망치면 처벌할 수 없다는 속설을 들은 바가 있나요?

남명재 네!

변호사 증인은 순간적인 잘못된 판단으로 차량을 멈추고 차 키를 차 안에 놓은 채 정차하면서 손희재와 조상필에게 "튀어!"라고 소리를 질렀나요?"

남명재 네!

변호사 증인과 조상필은 차에서 내려 뒤쪽으로 달려가다가 뒤를 돌아보니 손희재가 따라오지 않았나요?

남명재 네!

변호사 증인은 다시 돌아가 승용차를 차선 좌측에 있는 갓길 쪽으로 약간 이동시켜 안전하게 주차하고 소등 한 후 시동을 끄고 다시 하차하였나요?

남명재 네!

변호사 이후 증인은 아직 차에서 내리지 않고 그대로 앉아 있던 손희재의 차 문을 열어주고 손희재를 차에서 나오도록 하였나요?

남명재 네!

변호사 그리고, 손희재와 함께 하상도로 위 뚝방길 쪽으로 도망쳤나요?

남명재 네!

변호사 증인은 정신없이 달려 하상도로 뚝방길 너머에 있는 주택가 골목길 안쪽으로 도망쳐 한참을 숨을 돌리고 앉아 있었나요?

남명재 네!

변호사 그런데 조상필과 손희재가 지쳤는지 뒤따라오지 않았고, 전화기를 살피니 조상필이 3~4차례 증인에게 전화

	를 걸었던 신호가 찍혀 있었나요?
남명재	네!

변호사	증인은 겁이 나서 조상필에게 다시 전화를 걸지 않았고 한숨을 돌리면서 한참을 앉아 있다가 걱정이 되어 뚝방 길 쪽으로 다시 걸어 나왔나요?
남명재	네!

변호사	증인이 이 사건 음주단속 현장으로 다시 돌아오니 이미 경찰관들은 모두 철수를 한 상태였고 증인 차량도 현장에 없었나요?
남명재	네!

변호사	그때 모르는 전화번호로 전화가 와서 받아 보니 경찰관이라면서 "중부경찰서로 지금 바로 오라"고 말을 하였나요?"
남명재	네!

변호사	그리고는 바로 옆에 있던 조상필이 전화기를 건네받아 같은 이야기를 하여 증인은 "알겠다"라고 답변한 후 전화를 끊었나요?

남명재 네!

변호사 그때 증인은 평소 알고 지내던 지인에게 전화를 걸어 조언을 구하니, 그가 "오늘은 그냥 귀가하고, 내일 경찰서에 가서 자수해라"라고 조언하였나요?

남명재 네!

변호사 증인은 곧바로 손희재에게 전화를 걸었는데, 손희재는 둔산동 쪽으로 혼자서 걸어가고 있었나요?

남명재 네!

변호사 증인은 손희재를 뒤따르다가 만나 함께 둔산동 쪽으로 걸어오면서 손희재로부터 "조상필이 현장에서 잡혀 음주측정을 당했다"라는 이야기를 들었나요?

남명재 네!

변호사 손희재의 말에 의하면, 조상필은 음주단속 현장에서 음주 측정을 당하면서 "운전을 한 명재가 도망쳤다"라고 주장하였다지요?

남명재 네!

변호사 증인은 그날 그대로 귀가해버리는 실수를 하였고 지금도 그것이 가장 후회되는 일인가요?

남명재 네!

변호사 증인이 그날 바로 조상필이 붙잡혀 있던 중부서로 가 자신이 음주 운전자라고 자수하지 못한 이유가 무엇인가요?

남명재 운전면허가 취소되면 일을 할 수가 없어서 그랬는데, 정말 죄송합니다.

변호사 다음 날 아침 일찍 조상필이 증인에게 전화를 걸어 "경찰관이 요구해서 할 수 없이 음주 측정에는 응했는데 날인은 거부했다"라고 말했나요?

남명재 네!

변호사 증인은 경찰에 소환되어 조사받으면서 운전자가 증인임을 밝혔나요?

남명재 네!

변호사 담당 경찰관은 "이미 조상필이 음주 측정에 응했고, 조사를 받으면서 자신이 운전한 사실을 우회적으로 인정

	했으니 사실대로 말하라"라면서, 증인을 다그쳤나요.
남명재	네!

변호사	증인은 검찰에 소환되어 조사받았는데, 담당 수사관은 "사건을 직접 목격한 경찰관들이 있는데도 끝까지 거짓말을 할 거냐? 조상필의 진술이 거짓말 탐지기에서 거짓 반응이 나왔다."라면서, 증인에게 사실대로 진술하라고 다그쳤나요?
남명재	네!

변호사	그러나, 증인은 운전자가 조상필이 아니라면서 끝까지 진술을 바꾸지 않았나요?
남명재	네!

변호사	검찰에서 조사받고 방을 나서는데, 검사가 "단속 경찰관들이 너무나 명확하게 목격한 내용을 뒤집으려 하느냐? 잘 생각해라"라고 증인을 나무랐나요?
남명재	네!

변호사	증인은 검사의 다그침에 대하여 단호하게 "거짓말을 할 수는 없습니다"라고 답변하였나요?

남명재	네!

변호사	단속 경찰관은 "이미 도망쳐 음주운전으로 처벌할 수 없는 증인에게 혐의를 뒤집어씌워 조상필의 죄마저 덮으려는 것으로밖에 볼 수 없다. 결국 두 사람 모두 처벌을 면하려는 것이다"라는 취지로 증언하였는데, 어떤가요?
남명재	경찰관이 그렇게 봤을 수는 있지만 착오일 겁니다. 조상필은 운전자가 아닙니다. 빨리 조상필을 풀려나게 해 주고 싶습니다.

유심히 명재의 진술을 듣고 메모하던 검사가 자세를 가다듬고 숨을 몰아쉬더니 반대신문을 시작했다.

검사	증인, 그날 술을 얼마나 마셨나요?
남명재	소주 4~5병 정도를 3명이 나누어 마셨는데, 제가 얼마나 마셨는지는 잘 기억나지 않습니다.

검사	증인의 평소 주량은 얼마나 되나요?
남명재	소주 한 병 반에서 두 병 정도 마시면 취합니다.

검사	증인, 당일 많이 취해서 누가 운전했는지 기억도 못 하

는 것 아닌가요?

남명재   아닙니다.

검사   그런데 그날 얼마나 마셨는지 기억할 수가 없다는 게 말이 됩니까?

남명재   몇 잔 정도 마신 것 같습니다.

검사가 몇 초간 명재를 바라보면서 아무 말도 하지 않았다.
마치 노려보는 듯했다.
순간 법정에 긴장감이 감돌았다.
명재는 멍하니 검사 쪽을 바라보다가 어디다 눈을 두어야 할지 몰라 고개를 떨구었다.
검사가 다시 신문을 시작했다.

검사   증인! 선서했지요?
남명재   네!

검사   증인선서 후 거짓말을 하면 위증죄로 처벌받는 거 알지요?
남명재   네!

검사   기회를 줄 테니, 제대로 증언하세요!

남명재   ……

검사의 태도가 매우 고압적이었다.
이를 바라보던 판사가 검사를 향해 한마디 건넸다.

판사   위증 경고는 재판장이 이미 했으니 그만하시고, 계속 질문을 이어가시지요!

검사가 다시 물었다.

검사   증인과 조상필은 경찰서에서 거짓말 탐지기 반응검사를 받았던데 결과가 어땠나요?

남명재   상필은 '거짓 반응'이 나왔고, 저는 '판독 불가 반응'이 나왔다고 알고 있습니다.

검사   거짓말 탐지기 반응검사에서 조상필의 진술이 '거짓 반응'으로 나온 것에 대하여 어떻게 생각하나요?

남명재   …… 그건 제가 모르죠.

검사   단속 경찰관은 "뚱뚱한 조상필이 운전석에서 내리는 것을 명확하게 목격하였다"라고 진술하는데, 그가 거짓말을 한다는 것인가요?

남명재 잘못 본 것이겠지요.

검사 증인은 자신이 술을 얼마나 마셨는지 밝히지 않음으로써 자신도 처벌을 면하고 이 사건에 와서는 "조상필이 운전하지 않았다"라고 증언함으로써 조상필도 처벌을 면하려는 양수겸장(兩手兼將)의 묘책을 부리는 것 같은데, 그렇지요?

남명재 ……

한참을 머뭇거리던 명재가 입을 연다.

남명재 무슨 말씀이신지…?
검사 이상 신문을 마치겠습니다.

판사가 명재에 대한 보충신문을 시작했다.

판사 증인, 구체적으로 하는 일이 무언가요?
남명재 형님이 운영하는 식품 가공 및 유통업을 하는 양남기업 부사장으로 되어 있는데, 사실 영업, 출장업무를 주로 담당합니다.

판사　그래서 운전면허가 취소되면 아무 일도 못 하게 될 것이 걱정되어 순간적으로 도망쳤다는 것인가요?

남명재　네! 죄송합니다.

판사　나에게 죄송할 건 없고, 왜 도망친 것인지 정말 궁금해서요... 그런데 사실이 그렇다면 운전하지 않았다는 피고인과 손희재는 왜 도망친 것일까요?

남명재　제가 튀라고 소리치면서 도망치자 나머지 두 사람은 그냥 따라왔을 뿐입니다.

판사　거참! 음주운전을 하지 말았어야 했고, 음주운전 중 단속당하였다면 음주 측정에 순순히 응하고 응분의 처벌을 받았어야 했는데...

　　혼자 말로 보이는 판사의 훈계에 명재는 고개를 숙인 채 더 이상 아무 말도 할 수가 없다.
　　판사의 명재에 대한 보충신문이 끝나자, 명재가 나가면서 희재가 들어오고, 변호인이 희재에 대한 주신문을 시작했다.

변호사　증인은 사건 당일 피고인과 남명재와 함께 대전 중구

	은행동 소재 오감식당에서 저녁 식사를 겸하여 소주를 마셨나요?
손희재	네!

변호사	당일 마신 술은 얼마 정도 되나요?
손희재	소주 4~5병 정도 됩니다.

변호사	증인은 얼마나 마셨고, 다른 2명은 얼마나 마셨나요?
손희재	잘 기억나지 않습니다.

변호사	1차로 술자리를 파하고, 증인의 제의로 둔산동에 있는 노래방으로 2차를 가기로 하였나요?
손희재	네!

변호사	당시 승용차를 가져온 남명재가 식당 주인을 시켜 대리운전 기사를 불렀나요?
손희재	네!

변호사	그런데, 그날은 구정 전날 밤이라서 그런지 대리운전 기사가 없었나요?
손희재	네!

변호사 그러자, 차주인 남명재가 "둔산동까지는 몇 분 안 걸리고, 취하지도 않았다"라면서 굳이 운전대를 잡았나요?

손희재 네!

변호사 조수석에는 조상필이, 조수석 뒷좌석에는 증인이 타고 이동하게 되었나요?

손희재 네!

변호사 그런데, 하상도로를 따라 둔산동 쪽으로 이동하면서 하상도로를 가로지르는 호남선 철도 밑을 지나칠 무렵, 멀리서 음주단속 하는 것을 증인이 최초 인지하였나요?

손희재 네!

변호사 그걸 보고 증인은 "음주단속이다"라고 소리쳤나요?

손희재 네!

변호사 그러자, 갑자기 남명재가 차를 멈춰 세워 놓으면서 "튀어!"라고 소리를 쳤나요?

손희재 네!

변호사 남명재와 조상필은 먼저 차에서 내려 뒤쪽으로 달려갔나요?

손희재 네!

변호사 증인은 놀라서 그대로 앉아 있는데, 남명재가 바로 뒤돌아 와 차를 다시 갓길 쪽으로 이동하여 주차한 후 증인의 차 문을 열어주었나요?

손희재 차문을 열어 저를 내리도록 한 것은 사실이지만 차를 이동하여 주차를 하였는지는 기억나지 않습니다.

변호사 증인은 차량에서 나와 뚝방길을 향해 남명재와 함께 도망치기 시작하였고, 조상필도 호남선 철도 교각 뒷부분에서 기다리다가 함께 달리기 시작하였나요?

손희재 네!

변호사 한참을 달려 뚝방길 위에 올라섰는데 날씬한 체구의 남명재는 앞서 사라져 버렸고 뚱뚱한 조상필은 지쳤는지 증인 앞에서 천천히 걸어가고 있었나요?

손희재 네!

변호사 증인은 술을 마신 상태라서 더 이상 달릴 수가 없어서 뚝방길에 올라서부터는 걸어가고 있었나요?

손희재   네!

변호사   그때 경찰관 한 사람이 "멈추세요!"라고 소리를 지르면서 증인을 지나쳐 조상필에게로 달려갔나요?

손희재   네!

변호사   그리고 순찰차 한 대가 사이렌을 울리면서 호남선 철길 건널목을 넘어서 다가왔나요?

손희재   네!

변호사   그 순찰차는 뚝방길 위에 서 있던 증인을 지나치면서 거기에 타고 있는 경찰관이 마침 뚝방길 넘어 골목길 안으로 들어서려던 조상필을 향해 확성기로 "멈추세요!"라고 소리를 쳤나요?

손희재   네!

변호사   조상필은 지쳐서인지 뚝방길 넘어 골목길 입구 부분에서 더 이상 도망가지 않고 주저앉아 있었나요?

손희재   네!

변호사   증인을 지나쳐 달려간 경찰관이 조상필의 앞을 가로막

	아서고, 순찰차도 조상필의 옆에 정차하였나요?
손희재	네!

변호사	증인은 몇십 미터 떨어진 뚝방길에서 조상필이 경찰관들과 한참 실랑이를 벌이다가 음주측정기에 입을 대는 모습을 지켜보고 있었나요?
손희재	네!

변호사	증인이 조상필에게 다가가지 않고 그냥 지켜보기만 한 이유가 무엇인가요?
손희재	무서워서요!

변호사	무엇이 무서웠나요?
손희재	……도망친 것이 그냥 무서웠어요.

변호사	얼마 후 증인은 경찰에 가 조사를 받으면서 운전자가 조상필이 아니라고 밝혔나요?
손희재	네!

변호사	그러자 담당 경찰관은 "이미 조상필이 자신이 운전한 사실을 인정했다. 사실대로 말해라"라면서, 증인을 다그

쳤나요?

손희재 네!

변호사 그러나 증인은 거짓말을 할 수가 없어서 "조상필이 운전하지 않았다"라고 끝까지 진술하였나요?

손희재 네!

변호사 증인은 다시 검찰에서 조사받게 되었는데, 그때도 경찰에서 진술할 내용과 똑같은 내용으로 진술하였나요?

손희재 네!

변호사 검사는 증인에게 "단속 경찰관들이 명확하게 목격한 내용을 뒤집으려 하느냐? 사실대로 진술해라!"라고 다그쳤나요?

손희재 네!

변호사 그러나 증인은 역시 경찰에서와 똑같은 내용으로 진술하였나요?

손희재 네!

변호사 단속 경찰관은 "운전석에서 뚱뚱한 조상필이 내렸고,

조수석에서 여자가 내렸다"라고 진술하면서 운전자가 조상필이라고 주장하는데, 어떤가요?

손희재 경찰이 잘못 본 것이 분명합니다.

물끄러미 희재를 바라보던 검사가 반대신문을 시작했다.

검사 증인, 그날 술을 얼마나 마셨나요?
손희재 소주 몇 잔을 마셨던 것 같습니다.

검사 증인의 평소 주량은 얼마나 되나요?
손희재 소주 한 병 마시면 취하는 정도입니다.

검사 증인, 당일 많이 취해서 누가 운전했는지 기억도 못 하는 것 아닌가요?
손희재 아닙니다.

검사 증인, 선서했지요?
손희재 네!

검사 증인선서 후 거짓말하면 위증죄로 처벌받는 거 알고 있지요?

손희재　네!

검사　단속 경찰관들이 "조상필이 운전석에서 내려 도망치는 것을 정확하게 목격하였다"는데, 왜 거짓말을 하나요?

손희재　……

갑자기 희재가 머뭇거리면서 대답하지 못했다.

검사가 다시 물었다.

검사　증인 여기 법정에 오기 전 남명재와 조상필을 만나 증언할 내용에 대하여 상의한 적이 있나요?

손희재　네!

검사　어떤 내용으로 상의했나요?

손희재　그냥 사실대로 이야기하자고 상의했습니다.

검사　그냥 사실대로 이야기하면 되는 것이지 왜 굳이 증언할 내용을 상의까지 하였나요?

손희재　……

검사　증인! 마지막 기회입니다. 누가 운전하였나요?

손희재　조상필이 하지 않았습니다.

검사   그럼 남명재가 운전하였다는 것인가요?
손희재   ……

희재는 다시 고개를 숙인 채 대답하지 못했다.
검사의 신문은 매우 고압적이어서 법정을 얼어붙게 만들기에 충분했다.
이미 희재의 얼굴은 상기되었고, 손마저 바들바들 떨고 있는 듯했다.

판사   더 물을 것이 있나요?
판사가 황 변호사와 검사를 향해 묻더니 희재를 향한다.

판사   증인, 지금 좀 불편한가요?
손희재   네! 조금요.

판사   편하게 진술해도 됩니다. 그리고 사실대로만 진술하시면 됩니다.

그래도 판사는 좀 부드러웠다.
제대로 대답을 못 한 채 고개를 떨구고 있는 희재가 안쓰러웠나 보다.

희재는 다시 얼굴을 들어 판사를 바라보았다.

판사   당일 운전한 사람이 남명재라고 진술하였지요?
손희재   ······네!

판사   그런데 증인은 왜 도망쳤나요?
손희재   ······

대답을 멈춘 희재가 갑자기 눈물을 터트렸다.
그동안의 감정이 쌓여서 그런지 연신 눈물이 나왔다.
사실 희재는 상필과 사물놀이패에서 알게 되었고, 이어 상필의 소개로 명재를 알게 되어 가끔 만나 술친구 사이로 지내왔지만 이런 일로 엮일 줄은 꿈에도 몰랐다.

경찰, 검찰에서 문자가 오고 법원에서 증인소환통지서가 오면서 대학원생인 희재의 딸이 그것을 먼저 보고 엄마 걱정이 되었는지 아빠에게 말하면서 모든 것이 알려지게 되었고, 남편은 희재를 추궁해서 구정 전날 밤 벌어진 이야기를 듣게 되었다.
평소 불같은 성격의 남편은 여편네가 쓸데없이 쏘다니다가 일을 벌인 것이라면서 다시는 명재와 상필을 만나시도 말고, 법원에 나가 증언도 하지 말라고 엄포를 놓은 상태였다.

"만일 다시 그놈들을 만나거나 증언하러 법정에 나가게 되면 당장 이혼당할 것을 각오해라"라는 남편의 경고는 위증죄로 처벌받은 것보다 무섭게 들렸다.

그런데 명재의 부탁으로 남편 몰래 법정에 선 것이니 희재로서는 큰 결심이 필요했던 두려운 일이었다.

손희재   그냥 도망친 거예요. 아무 생각 없이...... 명재가 튀라고 소리쳐서 얼떨결에 도망친 거예요.

희재가 연신 눈물을 흘리면서 제대로 답변을 못 하자 판사가 부드러운 목소리로 이어갔다.

판사   자! 진정하시고......, 남명재와 조상필을 최근에 만났다고 했지요?
손희재   네!

판사   만나서 어떤 이야기들을 나누었나요?
손희재   명재가 상필이한테 미안한지 자꾸 미안하다고만 하고, 저에게도 미안하다면서 자신이 운전했다고 할 거라고 했어요. 그래서 경찰, 검찰에 가서 명재가 운전했다고 말했는데 전혀 믿어 주질 않았습니다.

판사   증인이 경찰, 검찰에서 사실대로 진술했는데 왜 안 믿었을까요?

손희재   단속 경찰관이 현장에서 정확하게 목격했다고 하고, 상필이의 거짓말 탐지기 반응 조사 결과가 거짓 반응이 나왔다고 하니, 우리가 하는 말을 믿지 않는 거죠.

판사   증인은 단속 경찰관이 거짓말을 하고 있다고 생각하나요?

손희재   경찰관은 자기가 본 것만 말하는 거니까, 그렇게 보았을 수도 있겠지요.

판사   남명재는 빠른가요?

손희재   명재는 깡마른 체격에 테니스광이라서 날쌥니다.

판사는 기록을 이리저리 뒤적여보더니, 희재에게 다시 물었다.

판사   마지막으로 할 말이 있나요?

손희재   검사가 조사를 마치고 나올 때 위증죄로 처벌받지 않도록 사실대로 진술하라고 했고, 주변 사람들에게 물어보니 그런 사건에 증언하면 위증죄로 처벌될 것이라면서 개입하지 말라고 말해주었습니다. 이 상황이 너무 무섭습니다. 하루빨리 재판이 잘 끝났으면 좋겠습니다.

판사는 희재를 물끄러미 바라보더니, 약간은 미소를 머금은 얼굴로 말했다.

판사   증인, 수고 많으셨습니다. 증인이 사실만을 말했다면 위증죄로 처벌받은 일은 없겠지요. 돌아가셔도 좋습니다.

상필의 직장 동료 승호는 "조상필은 1980년대에 운전면허를 취득하였지만, 1994년경 자신의 소유 차량인 폐차 직전의 포니Ⅰ 승용차로 처음 운전 연습을 하던 중 발생한 사고로 바로 폐차하고 면허취소를 당한 이후 그 트라우마로 운전면허도 다시 취득하지 않았을 뿐만 아니라 회사에 근무하는 동안 전혀 운전하지 않았다"라는 취지의 증언을 했다.

명재와 희재, 승호 등 증인 3인은 법원 실무관이 건네주는 증인 여비가 든 흰 봉투를 받아 들고 먼저 법정 밖으로 나와 초조히 상필을 기다렸다.

"더 신청할 증인이나, 제출할 추가증거가 있나요?"

판사가 검사와 황 변호사에게 물었지만, 양쪽 다 추가 의견이 없었다.

"검사! 구형(求刑)하시지요!"

판사가 검사에게 구형에 관한 의견을 물었다.

검사의 논고(論告)와 구형(求刑)이 길어지고 있었다.

"재판장님!

증인 신석현과 오창원의 각 경찰, 검찰 진술, 이 법정에서 한 증언에 의하면 피고인이 운전자임이 분명하게 드러납니다.

음주단속 직무를 수행하는 경찰관 두 명이 거짓말을 만들어 낸다는 것은 있을 수 없는 일입니다.

그리고 피고인은 현장에서 음주 측정까지 응한 사람입니다.

거짓말 탐지기 반응검사 결과도 피고인의 주장이 거짓임을 밝혀주고 있습니다.

피고인과 그 일행인 남명재, 손희재는 음주운전 현장에서 차를 세워두고 도망친 사람들로 그들의 진술은 신빙성이 전혀 없습니다.

이와 같은 모든 사정을 종합해보면, 피고인이 음주 운전한 사실이 분명합니다.

그럼에도 불구하고, 피고인은 경찰에서 조사받으면서 음주운전 적발 보고서에는 날인을 거부하고, 주취 운전자 정황 진술 보고서에는 '운전한 사실이 없음'이라고 적는 등 죄질이 불량합니다.

나아가, 피고인은 이 법정에서도 반성하기는커녕 처벌을 면하고자 동승 한 친구들인 남명재, 손희재에게 위증하도록 교사하는 등 그 죄질이 극히 불량합니다.

따라서 피고인에게 그 죄가(罪價)에 상응하는 응분(應分)의 처벌을 내려 주시기 바랍니다.

징역 1년을 구형합니다."

검사의 논고와 구형을 들으면서 상필은 아찔했다.

'어떻게 돼가는 거지? 황 변호사가 유죄가 인정되어도 벌금형일 것이라고 했는데, 내가 구속되는 건가?'

"변호인! 최후변론(最後辯論)하시지요!"

판사의 명에 의거, 황 변호사의 최후변론이 이어졌다.

"피고인과 그 일행들이 현장에서 이탈한 점은 너무나 잘못된 판단이었습니다.

운전자는 그 자리에서 순순히 음주단속에 응했어야 했고, 동승자는 현장에서 이탈하지 말았어야 합니다.

그러나, 이 사건 공소사실 자체는 사실이 아닙니다.

이 사건 단속 당시는 야간으로 어두워서 80여 미터 떨어진 곳에서는 승용차에서 내리는 사람이 누구인지 분간이 어렵습니다.

운전석에서 먼저 내려 도망쳤다는 남명재를 단속 경찰관이 못 봤을 가능성이 있습니다.

그들이 운전석에서 내렸다고 본 피고인은 운전석이 아닌 운전석 바로 뒷좌석에서 내렸을 수도 있는 것입니다.

평범한 소시민에 불과한 피고인과 남명재, 손희재가 일관되게 운전자는 조상필이 아니고 남명재라고 진술하고 있는데, 그들의 진술의 신빙성을 함부로 배척할 수는 없어 보입니다.

남명재가 사건 현장까지 차량에 동승하고 있었던 점은 통화기록 기지국 조회를 통해 확인되고 있습니다.

또한, 차량 소유자가 남명재입니다.

조상필은 운전면허도 없고 차량을 소유하고 있지도 아니한 사람인데, 그날 2차로 술을 먹으러 가면서 음주 상태에서 남의 차량을 운전할 이유가 전혀 없습니다.

남명재나 조상필이 모두 처벌을 면하기 위해 거짓말을 만들어 내는 것이라는 의심도 가져볼 수 있겠지만, 단지 의심일 뿐 그것만으로는 피고인에게 유죄를 인정해서는 안 된다고 생각합니다.

형사소송에서 공소사실을 유죄로 인정하기 위해서는 합리적 의심의 여지가 없는 고도의 증명력을 가진 증거에만 의하여야 할 것인데, 이 사건에서는 그와 같은 증거가 부족합니다. '의심스러울 때는 피고인의 이익으로'라는 형사소송의 대원칙에 입각하여 피고인에게 무죄를 선고하여 주시기 바랍니다.

가사, 나타난 증거에 의하여 피고인이 유죄임을 면할 수 없는 사정이라도,

첫째, 불과 4~5km 떨어진 곳으로 이동하기 위해 부득이 운전을 한 점,

둘째, 음주 측정치가 0.091%로 비교적 경미한 수준인 점,

셋째, 이 사건은 사고 없는 단순 음주운전에 불과한 점,

넷째, 운전 거리가 3.1km 남짓으로 짧은 거리에 불과한 점,

다섯째, 피고인이 초범이고 한 가족의 가장으로 성실히 살아온 점 등 피고인의 제 반 정상 관계를 살펴 이번에 한하여 벌금형의 선처를 간곡히 바랍니다."

판사가 황 변호사의 최후변론을 유심히 듣고는 있었지만, 상필은 무슨 말인지 알아들을 수조차 없었다.

그저 "벌금형으로 선처해달라"는 황 변호사의 마지막 부분 변론내용만 귀에 잠시 들렸을 뿐이었다.

판사가 상필에게 최후진술(最後陳述) 기회를 부여하겠다면서 마지막으로 할 말이 있는지를 물었다.

"제가 도망친 것은 정말 잘못된 행동이었습니다. 하지만 절대로 제가 운전하지는 않았습니다. 선처 바랍니다."

"양쪽 주장 잘 들었으니, 제가 잘 살펴보겠습니다. 선고기일은 12월

10일 10시입니다."

판사의 선고기일 지정이 끝났는데도, 상필은 그 자리에 얼어붙어서 있었다.

황 변호사의 손에 이끌려 법정 밖으로 나오니, 명재와 희재가 걱정스러운 눈빛으로 다가왔다.

"어떻게 됐어요?"

희재가 짤막하게 물었지만, 상필은 뿌리치듯 법원 밖으로 빠져나갔다.

"변호사님! 어떻게 되는 건가요?"

명재가 다그치듯 묻자 황 변호사는 다소 긴장된 듯한 목소리로 대답했다.

"음주운전 초범인데 징역 1년을 구형하네요. 거짓말한다고 괘씸하게 본 거지요."

희재가 당황한 표정으로 다시 황 변호사에게 다가서면서 물었다.

"그럼...... 징역 1년을 살아야 하나요?"

황 변호사도 대답하기가 지쳤는지 총총걸음으로 법원을 빠져나오면서 남의 일 말하듯 대꾸했다.

"구형이 그렇다는 것이고요, 선고는 어떻게 될지 지켜봐야겠지요."

명재와 희재는 선고를 지켜봐야 한다는 황 변호사의 말이 야속했지만 어쩔 수 없이 돌아서야 했다.

사실 명재는 지인을 통해서 소개받은 황 변호사를 상필에게 소개해주고 나서 몇 번을 후회했는지 모른다.

상필은 틈만 나면 명재에게 전화를 걸어 황 변호사에게 결과가 어떻게 될 것인지 상세히 물어봐 달라고 채근하곤 했다.

황 변호사는 매번 "성실히 재판에 임하고, 결과를 기다려야 한다"라고만 할 뿐 명재와 상필이 원하는 대답을 주지 않았다.

그날도 그랬다.

명재는 상필에게 계룡산 자락 수통골 오리식당으로 오도록 전화를 걸고 희재와 동행할 것을 요구했는데, 요즘 희재 사정은 신통치 않았다.

희재는 그 사건 이후 남편이 때마다 자기를 감시하고, 혹 그 사건과 관련하여 법정에 나가 증언이라도 할까 봐, 그리고 불한당 같은 명재, 상필과 다시 어울릴까 봐 남편이 노심초사한다고 했다.

희재를 버려두고 명재 혼자서 수통골로 가면서 황 변호사에게 시간이 되는지를 물었는데 역시 변호사는 모시기 어려운 분이었다. 바쁘다고 했다.

명재가 수통골 오리식당에 도착하니 상필의 얼굴은 몹시 격앙되어 있었다.

먼저 택시를 타고 그곳에 도착해서 벌써 소주 한 병을 비우고 있었다.

"에라이 씨발! 내가 교도소에 간단다. 내 인생 종 치는 거지! 빚도 못 갚고, 교도소 가고, 직장 짤리고! 마누라하고 애들 불쌍해서 어떡하냐?"

괜한 푸념으로 생각하기에는 너무나 격앙된 상필에게 명재는 아무 말도 하지 못한 채 연신 술을 들이켰다.

"검사가 말한 것은 구형이래! 선고는 다를 수 있대!"
"야 임마, 기소(起訴)된 사건에서 무죄를 받을 확률이 거의 없단다. 내가 다 알아봤다. 경찰관이 그렇게 증언하면 무조건 경찰의 말을 믿는 거래! 누가 우리말을 믿겠냐? 순진하기는~~~씨발!"

침묵 속에 빈 병만 쌓여갔다.

"애고! 지금이라도 잘못했다고 빌면 벌금형 해줄까?"

침묵을 깬 상필의 말에 명재는 당장 황 변호사를 찾아가서 물어볼 요량이었다.

세 시간 동안 둘이서 마신 술이 소주 일곱 병이다.

평소 같으면 술이라도 깰 요량으로 노래방이라도 갈 텐데, 상필이 벌써 졸린 눈으로 고개를 숙이고 있었다.

명재가 택시를 불러 상필을 보내고 난 후 담배 한 대를 피워물고 혹시나 하는 심정에서 황 변호사에게 전화를 걸어 봤다.

"제가 둔산동 쪽 변호사님 댁 앞으로 갈 테니 호프 한잔합시다."

둔산동 법원 앞 호프집은 항상 젊은이들로 붐볐다.

변호사님을 모시기에는 허름해 보여 명재는 망설였지만, 황 변호사는 지금까지 사무실에서 일했는지 법정에서의 옷차림 그대로 호프집에 들어섰다.

또다시 명재의 재판 결과 타령이었다.

"변호사님! 늦게 죄송합니다. 상필이가 너무 걱정해서요."

"왜 그렇게 걱정하세요?"

"상필이가 지금이라도 인정하고 벌금형을 받을 수 있는지 물어보래요."

명재는 순간 황 변호사가 얼굴을 심하게 찡그리는 것을 흘낏 보게 되었다.

"재판을 장난으로 여기는 거예요? 유리한 쪽을 골라서 거짓말을 하다가 불리하게 되면 포기하고...... 지금까지 세 사람이 내게 거짓말을 한 거예요?"

목청까지 높아지고 있었다.

명재는 지인을 통해 소개받아 수년간 황 변호사를 알고 지내왔고 말수가 적고 인자한 성격의 변호사라고 생각했는데 그의 눈초리가 예사가 아니었다.

"상필이가 걱정되니까 자꾸 저에게 물어봐서요! 죄송합니다."

술자리에서 이러쿵저러쿵 이야기가 오고 갔지만 더 이상의 진척은 없었다.

황 변호사도 더 이상 진실이 무엇이었는지 물어보지 않았다.

그렇게 한 달이 흘러가고 있었다.

12월 10일 선고기일은 초겨울인데, 유난히 날씨가 추웠다.

법정을 드나드는 사람들의 옷차림이 무거웠다.

법정에 들어서는 세 사람의 발길도 무거웠다.

밤새 악몽에 시달린 상필은 체념한 듯 말수가 없어졌다.

명재와 희재는 황천길 떠나는 상필을 배웅이라도 할 듯한 태도로 상필의 뒤를 따라서 함께 법정에 들어섰다.

10시부터 선고는 이어지고 있었다.

음주운전 전담 재판부라서 그런지 대부분 선고를 받는 사람들이 음주 운전자들이었다.

벌써 4명째 법정구속이 이어지고 있었다.

"피고인은 음주운전으로 2회 처벌받은 전력이 있음에도 불구하고 다시 이 사건 음주운전을 하다가 큰 사고까지 유발한 점 등 여러 사정을 종합하여 다음과 같이 판결을 선고합니다. 피고인을 징역 1년에 처합니다. 이 판결에 불복이 있으면 1주일 이내에 이 법원에 항소할 수 있습니다."

소위 음주 삼진아웃에다가 사고까지 낸 사람이 법정 구속되어 교도관들에 이끌려 옆방으로 간 직후, 상필이 호명되었다.

"2008고단000호 도로교통법위반(음주운전 등), 피고인 조상필!"

선고받기 위해 판사 앞에 선 상필의 모습은 초주검 직전의 상태가 되어 고개도 들지 못한 채 가만히 서 있었다.

메모를 집어 든 판사가, 판결선고를 시작했다.
"피고인 조상필에 대한 판결을 선고합니다."

피고인이 위 승용차를 운전하였다는 점에 부합하는 증거로는 증인 신석현, 오창원의 각 법정 진술과 신석현, 오창원의 경

찰에서의 각 진술이 있으나, 기록에 의해 인정되는 다음과 같은 사정들, 즉

① 단속 경찰관인 신석현과 오창원이 음주단속을 할 당시에는 야간으로 어두웠고, 갓길에 정차한 위 승용차와는 약 80미터 정도 떨어진 위치에서 보았기 때문에 위 승용차에서 내리는 사람들의 얼굴은 확인하지 못한 채 형체만을 볼 수 있었던 것으로 보이는 점,

② 피고인을 체포한 오창원은 이 법정에서 그 당시 어두워서 자세히는 못 보고 다만 여자 한 명과 남자 한 명이 차에서 내려서 도망가는 것을 보고 따라가 피고인을 잡았으나 철길 때문에 도망가는 남자를 약 3초 정도 놓쳤다가 철길 위로 도망가고 있는 피고인을 다시 발견하여 붙잡게 되었다고 진술하고 있어 도망가는 남자를 놓친 3초 정도의 사이에 오창원이 쫓던 남자가 남명재에서 피고인으로 바뀌었을 가능성도 있어 보이는 점,

③ 피고인은 수사기관 이래 이 법정에 이르기까지 일관되게 위 승용차의 소유자인 남명재가 운전하였다고 진술하고 있고, 남명재, 손희재의 진술도 이에 부합하는 점,

④ 수사 기록 제126쪽의 통화내역 확인 보고에 의하면 이 사건 당시 피고인, 남명재, 손희재의 이동 경로가 오정동에서

중촌동(손희재, 남명재의 이동 경로는 은행동, 오정동, 중촌동으로 일치) 대체로 일치하는 등 피고인, 남명재, 손희재의 진술과 부합하는 것으로 보이는 점,

⑤ 피고인은 지금까지 음주운전과 무면허운전 및 교통사고 처리특례법 위반으로 처벌받은 전력은 있으나 모두 오토바이를 운전하다가 단속된 것으로 자동차를 운전하다가 단속된 적은 없는 것으로 보이는 점 등에 비추어 보면, 신석현, 오창원의 각 진술만으로는 피고인이 위 승용차를 운전하였다고 단정키 어렵고, 검사가 제출한 나머지 증거들만으로는 이를 인정하기에 부족하며, 달리 이를 인정할 만한 증거가 없다. 따라서 피고인에게 무죄를 선고한다.

무죄(無罪)였다.

명재와 희재는 법정에서 큰소리로 환호를 할뻔했다.

하지만 너무나 정숙한 분위기라서, 아무 기척도 내지 못하고 있을 뿐이었다.

판사는 판결선고 이후 상필을 바라보면서 메모를 내려놓은 채 말을 이어간다.

"피고인에게 무죄를 선고합니다. 열 사람의 범인을 방면(放免)하는 한이 있더라도, 한 사람의 억울한 사람을 만들지 말라는 법언(法諺)에 따른 것입니다. 즈음해서 피고인과 그 일행들에게 한마디 하지 않을 수가 없습니다. 비록 피고인에게 무죄를 선고하지만, 피고인과 일행들은 음주운전 차량에 동승 하였던 것이라서 모두 음주운전의 공범이라고 볼 수 있습니다. 따라서 피고인에게 유죄를 인정한다고 하여도 법 정의에는 크게 어긋나지는 않는 것이라고 생각도 해 봤습니다. 그런데 피고인이 아닌 남명재나 손희재가 음주운전을 하였다는 명확한 증거도 없습니다. 따라서 오늘 피고인에게 무죄를 선고하는 것입니다. 내가 오늘 속았을 수도 있고, 다른 사실관계가 있을 수 있습니다. 피고인과 일행들은 만일 나를 속였다면, 내가 오늘 속아준 의미를 가슴속에 새기고 앞으로 다시는 이와 같은 일이 없도록 유념하시기 바랍니다."

판사가 무죄 판결문을 작성하면서 무척 고민했었나 보다.

사실 정당하게 직무를 집행하면서 직접 목격한 경찰관들의 진술은 매우 신빙성(信憑性)이 높은 것이고, 상필, 명재, 희재 세 사람은 모두 친구 사이로 한통속으로 볼 수 있는 것이라서 그들의 진술을 믿기는 어려운 일이었다.

그런데 판사가 세 사람의 말을 믿어 준 것이었다.

법정에서 나오자마자 다리가 풀린 상필이 의자에 털썩 주저앉았다.

변호사 사무실에 들어서니 직원이 반갑게 맞아주면서 축하해주었다.

황 변호사는 외지 재판을 가 자리에 없었다.

명재는 지갑에서 5만 원권을 잡히는 대로 꺼내 쥐고는 호기롭게 황 변호사 사무실 사무장에게 회식비로 쓰라면서 건네주었다.

명재의 역할은 여기까지였다.

이 사건 이후 상필은 명재를 어지간히도 괴롭게 했다.

변호사 선임 비용부터 시작해서, 식사비, 술값 등 모든 비용을 명재가 부담해야 했다.

취중에 한 번은 '잘못되면 자신과 가족까지 책임져 달라'고 명재에게 요구한 상필이었다.

"아휴, 친구야! 고맙다!"

상필이 명재의 등을 두드렸지만 명재는 논산공장에 바쁜 일이 있다고 핑계를 대면서 자리를 먼저 떠났다.

3. The 재판 II
- 법정구속

"미궁(迷宮)의 시작"

얼마 후 상필은 검사의 항소장(抗訴狀)과 항소이유서(抗訴理由書)를 받고서야 검사가 항소한 사실을 알게 되었다.

장황하게 작성된 검사의 항소이유서는 상필이 이해하기에는 어려운 내용이었지만, 요지는 "단속 경관인 신석현과 오창원 진술의 신빙성(信憑性)을 함부로 배척한 원심판결은 경험칙(經驗則)과 증거법칙(證據法則)에 위배하여 사실(事實)을 오인(誤認)하고 판결결과(判決結果)에 영향을 미친 위법(違法)이 있다"라는 것이었다.

상필은 1심을 담당한 황 변호사를 찾아가 상의했는데, 변호사는 이미 예상했다는 듯이 무덤덤했다.
변호사 사무실 여직원이 항소심 변호사 선임 비용은 별도라고 설명해주었는데, 상필은 명재에게 전화를 걸어 부탁할 용기가 선뜻 나지 않았다.

'그동안 명재가 많이 도와줬는데 내가 어떻게 또 손을 내밀지?'

은행 원리금 상환으로 늘 여유가 없던 상필은 할 수 없이 법원의 안내대로 국선변호인에게 사건을 맡기기로 했다.

해를 넘겨 몇 개월간 아무 소식이 없던 상필에게 국선변호인으로 선정된 이종선 변호사 사무실의 여직원이 연락을 해왔다.

"2009년 4월 2일 오전 10시 항소심 첫 공판기일이 열리니 출석해야 합니다."

상필은 2009년 4월 2일 오전 10시, 상필은 조금 일찍 법정에 도착해서 이 변호사를 기다리고 있었다.

1심과 달리 대법정이고 나이 지긋한 판사가 가운데 앉아 있었고, 좌우에 판사 한 명씩 모두 세 명의 판사가 앉아 있었다.

법정 가운데 앉은 항소심 재판장은 성격이 급한지 말이 빨랐다.

피고인들이나 변호사들이 무슨 말만 하면 미리 막아서는 것 같았다.

"요지만 진술하시고 항소심에서 신청할 증거가 무엇인지만 말씀하시면 됩니다."

피고인들과 변호사들 심지어 검사마저도 마치 재판장에게 밉보이면 안 된다고 생각했는지 모두 고분고분했다.

"2008노0000호 도로교통법위반(음주운전 등), 피고인 조상필! 앞으로 나오세요!"

드디어 상필 차례였다.

재판장이 딱딱하고 권위적인 말투로 재판을 진행하고 있었다.
"검사! 항소이유 진술하시죠!"
"원심판결의 사실오인입니다. 요지는 원심이 공소사실에 부합되는 신빙성 있는 신석현과 오창원의 진술을 함부로 배척하고, 반대로 전혀 신빙할 수 없는 남명재와 손희재의 진술을 함부로 취신(取信)함으로써 사실을 오인하여 판결 결과에 영향을 미친 위법이 있다는 것입니다."

"변호인! 답변하시지요."
"항소기각(抗訴棄却) 구합니다."

"검사! 항소심에서 신청할 증거는요?"
"이 사건은 명확한 목격자들이 있습니다. 다시 한번 목격자인 신석현과 오창원, 그리고 남명재의 진술을 들을 필요가 있다고 생각합니다."

검사가 증인 신청을 하자, 무슨 생각이었는지 별안간 상필이 끼어

들었다.

"재판장님! 저도 의견이 있습니다. 제가 직장생활을 하는 사람이라 바쁩니다. 가능한 한 빨리 재판을 끝내줬으면 합니다."

갑자기 끼어든 상필이 문제의 시발점이 되었나 보다.

"나도 바빠! 당신 같은 사람 재판하느라고!"

벼락같은 재판장이 커다란 목소리에 상필은 움찔 놀라 얼어붙었다.

"법원도 일정이 있는데 피고인에게 편의를 봐주면서 재판할 수가 없어!"

재판장이 상필을 무섭게 노려보면서 반말로 소리를 치자 법정 안은 순식간에 싸늘해졌다.

다시 정숙한 분위기가 되었다.

"변호인! 검사의 증거신청에 대하여 의견 있나요?"

재판장이 목소리를 낮춰 묻자 이 변호사는 "증인을 다시 불러도 같은 이야기일 텐데, 다시 불러 물어볼 이유는 없는 것 같다"라고 간략하게 답변했다.

재판장이 왼쪽에 앉아 있는 배석판사와 귓속말을 주고받더니, "이 사건에 대하여는 재판부가 궁금한 점이 상당히 많습니다. 신석현, 오창원, 남명재를 모두 증인으로 채택합니다."라고 선언하고, 다음 기일을 4월 30일로 오후 3시 30분으로 지정한 후 재판을 끝냈다.

이 사건에 대하여 재판부가 궁금한 점이 상당히 많다?'

상필은 재판장의 말이 이해되지 않았다.

재판장이 궁금한 점이 많다고 하는 것은 무죄를 선고한 1심 판결에 대하여 의문이 간다는 것으로 밖에 해석할 길이 없다.

상필이 법정을 나와 그 말이 무슨 뜻인지를 물었지만, 이 변호사는 다른 법정에 재판이 있다면서 대답 없이 가 버렸다.

그날 이후, 상필은 누구와도 연락하지 않고 지냈다.

명재와도, 희재와도 더 이상 연락할 수가 없었다.

1심 판결로 간단히 끝난 줄 알았던 재판이 다시 검사의 항소로 진행된다는 사실만으로도 짜증 나고 답답한 일인데, 희재와 명재를 생각하면 치밀어 오르는 화를 어쩔 수가 없었다.

'왜 나만 당해야 하는데?'라는 억울함이 명재와 희재를 의식적으로 피하게 했다.

재판에 대한 고민으로 직장생활도 엉망이었다.

시시각각 멍한 시선으로 담배를 피워대는 상필을 보면서 동료들은 중년 우울증이 심해졌나보다 생각했다.

아무것도 모르는 아내와 자식들은 갑자기 이상해진 상필을 몰래 걱정하고 있었나.

그렇게 한 달이 흘러, 4월 30일 오후 3시 30분, 석현, 창원, 명재에 대한 증인신문기일이었다.

먼저 검사가 신 경사에게 주신문을 시작했다.

검사 이 사건 단속 지점과 피고인 승용차 정차 지점까지의 거리는 얼마 정도 되었나요?

신석현 약 80미터 정도 됩니다.

검사 운전석에서 내린 남자의 인상착의는 어떠했나요?

신석현 검은 파카를 입고 있었고 뚱뚱했기 때문에 조상필이 틀림없습니다.

검사 80미터 거리에서 정확하게 보였나요?

신석현 조명이 밝았고 통행하는 차량이 많아 그 불빛으로 인해 명확하게 목격했습니다.

검사 함께 단속한 오창원도 명확하게 목격하였나요?

신석현 오창원도 조상필을 정확하게 목격했고, 조상필을 쫓아가 직접 검거한 의경입니다.

이 변호사가 반대신문을 시작했다.

변호사 야간에 80미터 정도에서 검은 파카를 입은 뚱뚱한 사람이 운전석에서 내리는 것이 명확하게 보이던가요?

신석현 명확하게 봤습니다.

변호사 운전석에서 내렸는지 아니면 운전석 뒤쪽에서 내렸는지도 보았나요?

신석현 남녀 두 명밖에 안 내렸어요. 그러니 운전석에서 내린 것이지요.

변호사 먼저 내려 도망친 사람이 있을 수 있지 않나요?

신석현 제가 보기에는 두 명만 내렸습니다.

변호사 증인이 차량이 멈춰서는 상황을 처음부터 목격하였나요?

신석현 차량이 갓길 쪽으로 가 멈춰서더니 두 사람이 내려 도망쳤습니다.

이 변호사가 어떻게든 신 경사의 진술이 정확하지 않다는 것을 입증하기 위해 애쓰고 있으나 그의 진술은 점점 더 확신에 찬 모습이 있다.

이 변호사의 반대신문이 끝나자 재판장이 보충신문을 이어갔다.

판사   운전자가 조상필이 맞다는 것이지요?"
신석현   네!

판사   증인은 조상필에 대한 음주 측정 과정에서 혹시 무리하게 음주 측정을 강요하지는 않았나요?
신석현   아닙니다. 음주 측정 과정에서 자기가 운전하지 않았다면서 여기저기 전화를 걸더라고요. 그리고 음주 측정에 응하지 않으려 했습니다. 그러다가 나중에는 순순히 음주 측정에 응했습니다.

판사   그 자리에서 음주 측정했나요? 아니면 음주단속 지점까지 임의동행 형식으로 데리고 가 음주 측정했나요?
신석현   검거장소에서 음주 측정했습니다.

판사   음주 측정을 한 후 음주운전 했음을 인정했나요?
신석현   아니요. 자기가 운전자가 아니라면서 음주 운전자 적발 보고서에 날인을 거부했습니다.

판사   그 자리에서 조상필은 누가 운전했다고 했나요?

신석현 운전자가 도망쳤다고 했습니다.

판사 그래서요?

신석현 음주 측정을 모면하려는 음주 운전자라고 판단하여 그대로 적발하게 된 것입니다.

밖에 있던 창원이 들어섰다.

역시 석현과 별 다를 바 없는 진술이었다.

다만, 오창원 의경은 멈춘 차량 운전석에서 누가 내렸는지 정확하게 목격한 바 없고, 내려서 도망가는 사람들은 남녀 두 명뿐이었는데 그중 한 명인 상필을 쫓아가 붙잡게 되었다는 진술이었다.

명재가 들어서고 검사가 주신문을 시작했다.

검사 증인이 현장에 분명하게 있었나요?

남명재 네!

검사 누가 먼저 도망쳤나요?

남명재 저와 상필이 먼저 차에서 내려 도망치다가 희재가 오지 않아 제가 다시 차로 돌아가 갓길로 이동하여 안전하게 주차한 후 희재 쪽 문을 열어주고 도망치도록 하였습니다.

| 검사 | 단속 경찰관이 쫓아오는 상황에서 멈춘 차량을 다시 갓길로 이동하여 주차한 후 도망할 정도로 여유가 있었나요?
| 남명재 | 경찰관이 쫓아오는지 몰랐습니다.

| 검사 | 단속 경찰관 신석현은 운전석에 내린 조상필을 정확하게 목격하였다는데, 그럼 경찰관이 거짓말을 하는 것인가요?
| 남명재 | 잘못 본 것이겠지요. 분명 상필이는 운전하지 않았습니다.

| 검사 | 증인, 그날 술을 얼마나 마셨나요?
| 남명새 | 정확하게 기억나지 않습니다.

| 검사 | 증인, 얼마나 술을 마셨는지 기억나지 않는다고 진술함으로써 위드마크 공식에 의한 음주 측정을 할 수 없도록 해서 증인도 처벌받지 않고, 이 사건에서는 자신이 음주운전을 하였다고 진술하여 피고인도 처벌받지 않도록 머리를 쓰고 있는 것으로 보이는데, 사실대로 진술할 생각이 없나요?
| 남명재 | 상필은 운전하지 않았습니다.

이 변호사가 반대신문을 시작했다.

변호사   단속 현장에서 조상필이 증인에게 수차 전화를 걸었나요?
남명재   네!

변호사   그런데 왜 그 전화를 받지 않았나요?
남명재   정신없이 도망쳐 주공아파트 단지 내에서 숨어 있다가 부재중 전화를 확인했을 뿐입니다.

변호사   증인은 당일 중부서 경찰관으로부터 전화를 받은 사실이 있나요?
남명재   네!

변호사   그 경찰관은 증인에게 뭐라고 했나요?
남명재   중부경찰서로 와 달라고 했고, 상필을 바꿔줬습니다.

변호사   그런데, 증인은 왜 바로 중부서로 가지 않았나요?
남명재   지인이 오늘은 그냥 귀가하고 내일 자수하라고 해서……

변호사   그 지인이 누구인가요?

남명재 …… 밝히기 곤란합니다.

재판장이 보충신문을 이어갔다.

판사 증인, 정말로 얼마나 술을 마셨는지 기억이 없나요?
남명재 네!

판사 기억이 없을 정도로 술을 마시고 운전해요?
남명재 ……

판사의 벼락같은 호통에 명재는 아무 말도 하지 못하고 고개를 숙였다.

한참 기록을 뒤적이던 재판장이 질문을 이어갔다.

판사 증인은 당일 경찰관과 피고인으로부터 전화를 받고도 중부경찰서로 찾아가지 않은 이유가 무언가요?
남명재 ……

명재가 대답을 못 하는 사이 다시 재판장의 질문이 벼락같이 떨어졌다.

판사 친구가 억울하게 잡혀갔는데, 그걸 밝히지도 않고 집으로 그냥 갔다는 게 말이 됩니까?

그때부터 명재의 다리는 후들거리기 시작했고, 목소리도 작아졌다.

남명재 제 차도 없어졌고... 다음 날 가서 자수하면 된다고 생각했습니다.

잠시 뒤 재판장의 질문이 이어졌다.

판사 증인은 지인의 조언에 따라 그대로 귀가하였다는 것인가요?

남명재 네!

판사 그 지인이 누구인가요?

남명재 그냥 아는 친구입니다.

판사 이런 일을 지인에게 전화해 조언을 구한다는 게 말이 됩니까? 지인이 법조인이라면 모를까.

남명재 ······

계속된 재판장의 벼락에 명재의 말문이 막혀버렸다.

싸늘한 투로 들어가라는 재판장의 말을 뒤로 하고 명재는 법정에 앉아 이어지는 재판을 지켜보았다.

'무언가 잘못 되어가는 것 같아!'

속을 삭이면서 지켜보고 있는데, 고개를 숙인 채 앉아 있는 상필의 모습이 매우 처량해 보였다.

재판장은 검사와 이 변호사에게 더 신청할 증거가 있는지를 물었는데, 검사와 이 변호사는 없다고 답변했다.

그러자 재판장은 좌측에 앉아 있는 배석판사와 귓속말을 주고받더니 변론을 종결한다고 선언하고 검사에게 최종의견을 묻는다.

"재판장님! 방금 신석현, 오창원의 증언에서 알 수 있듯이 운전자는 조상필이 맞습니다. 반면 남명재와 손희재의 진술은 전혀 신빙할 수 없는 내용입니다. 피고인과 남명재, 손희재는 서로 공모하여 남명재가 도망친 운전자라고 허위 진술을 하여 사건을 왜곡하고 있습니다. 원심을 파기하시고, 원심 구형대로 피고인에게 징역 1년을 선고해 주시기 바랍니다."

검사가 다시 징역 1년을 구형하는 것으로 의견을 마무리했다.

판사의 명에 의해 이 변호사가 최후변론을 했다.

"존경하는 재판장님! 신석현, 오창원의 각 진술은 전가(傳家)의 보도(寶刀)가 될 수 없습니다. 즉, 그들은 단속 경관이자 이 사건 목격자이기는 하지만 그 진술들은 당시 음주단속 현장 상황을 살피면 신빙할 수 있는 내용이 아닙니다. 반면 피고인, 남명재와 손희재의 휴대전화 기지국 조회를 살피면 3명의 이동 경로가 같다는 사실이 드러나 있습니다. 그렇다면 승용차 안에 함께 타고 있었던 남명재는 어디로 간 겁니까? 결국 남명재는 운전자이고 동작이 날랬기 때문에 먼저 재빨리 도망친 것이고 체격이 뚱뚱한 피고인 조상필은 차량에서 내려 도망치다가 멀리 가지 못하고 붙잡힌 것이라는 피고인 측의 주장이 사실일 가능성이 매우 높다고 하겠습니다. 따라서 원심판결은 적절하고 수긍(首肯)이 가는 내용이므로 검사의 항소를 기각하여 주시고 원심대로 피고인에게 무죄를 선고해 주시기 바랍니다."

이 변호사의 최종의견 진술이 끝나자, 재판장이 피고인을 향해 일어서서 최후진술을 하라고 명했다.

상필은 별달리 준비해온 말이 없어 변호인을 물끄러미 바라보았다.
변호인이 그만 됐다는 표정으로 머리를 끄덕이고 상필은 아무 말도 없이 그 자리에 앉았다.
재판장이 선고기일을 6월 9일 10시로 지정하면서 피고인을 향해 싸늘하게 한마디를 던졌다.

"선고기일에 신변정리(身邊整理)를 잘하고 오세요!"

법정을 나서면서 상필은 이 변호사에게 물었다.
"신변정리 잘하고 오라는 게 무슨 뜻이죠?"

상필의 질문에 대답도 없이 이 변호사는 내일 사무실에 들르라는 말만 남긴 채 먼저 법원을 빠져나갔다.

다음날 상필과 명재는 약속 시간을 정하여 이 변호사를 찾아가 만났다.
"내 생각에는 유죄가 선고될 가능성이 많습니다. 판사가 신변정리를 잘하고 오라는 의미는 법정구속할 수도 있다는 것입니다."
"네에?"
청천벽력 같은 이 변호사의 말에 상필과 명재는 서로의 얼굴만 바라보았다.

"그럼 이제 어떻게 해야 하죠?"
명재가 어렵게 말을 꺼내자 이 변호사는 난감한 표정을 지으면서 "이제라도 유능한 사선 변호사를 선임하여 공판을 재개한 다음 달리 입증할 방법을 찾아보세요."라고 조언했다.

그러면서 이 변호사는 "재판장이 이미 결론을 말한 것이고, 그 재판장은 법정구속할 피고인들에게 신변정리하고 나오라고 말하는 걸로 유명한 판사입니다"라고 조심스럽게 덧붙였다.

변호사 사무실에서 나온 명재는 급했다.
사업을 하면서 넓은 인맥을 가지고 있는 명재가 여러 사람에게 전화를 걸어 상의했다.

다음 날 아침 일찍 명재와 상필은 검찰청 앞에 있는 법무법인 사무실로 향했다.

부장검사 출신이자 업계에 저명한 안상현 변호사는 명재와 상필에게 그동안 1심, 2심 재판과정을 상세히 설명할 수 있도록 많은 시간을 내주었다.

다 듣고 난 안 변호사가 물었다.

"실제 누가 운전했어요?"

안 변호사 역시 의심하는 눈치였다.

상필과 명재는 주저주저했다.

지금까지 수도 없이 받은 질문이었지만 이번에는 선뜻 대답이 나오지 않았다.

"저는 안 했어요."

"제가 했어요."

거의 동시에 상필과 명재가 대답했는데, 상필의 목소리에 비해 망설였던 명재의 목소리는 작고 힘이 없었다.

그런 명재를 상필은 복잡한 표정으로 쳐다봤다.

"그럼 기다려 보세요. 재판장이 굉장히 까다로운 분이긴 한데 엉뚱하게 잘못 판단하는 경우는 없을 테니! 제가 재판장의 고등학교 선배이기는 하지만 제가 재판을 맡아서 진행해도 잘못되는 경우가 많았어요. 그리고 지금 와서 변호사를 바꾸는 것은 더 위험한 일이에요."

아무런 소득 없이 돌아오는 길에 상필은 지금 와서 변호사를 바꾸는 것은 더 위험한 일이라는 안 변호사의 조언만 귓속에 박혀 명재만 자꾸 다그쳤다.

"어떻게라도 해봐야 하는 거 아니야? 안 변호사가 판사의 고등학교 선배라니까 로비라도 해야 하는 거 아니냐고?"

이미 명재는 지인으로부터 안 변호사의 명성에 대하여 충분히 설명을 들었던 터라 점심 식사 후 명재와 상필은 다시 안 변호사를 찾아가 사정했다.

"변호사님! 상필이는 정말로 억울합니다. 그런데 선고기일에 신변정리를 하고 들어오라고 합니다. 다시 한번 제대로 재판해서 억울한 일이 생기지 않도록 도와주십시오."

명재가 여러 차례 매달리자 안 변호사는 지인의 소개가 부담스러웠던지 마지못해 대답했다.

"그럼 기록을 빨리 가져와 보세요. 제가 한번 살펴본 후 결정하겠습니다."

며칠 후 안 변호사가 상필과 명재를 불렀다.

"기록을 살펴보니 신석현과 오창원의 진술에 믿음이 갈 수밖에 없는 구조입니다. 한 가지 방법이 있다면 재판부가 현장을 한 번 살펴볼 수 있도록 하는 것이 좋을 듯합니다. 저도 미리 현장을 확인해보겠습니다."

안 변호사가 선임되고, 이 변호사의 국선변호인 선임이 취소되었다.
안 변호사의 공판재개신청(公判再開申請)으로 6월 9일 10시로 지정된 선고가 연기되면서 다음 공판기일이 7월 7일 10시로 정해졌다.

7월 7일 10시에 재개된 공판기일, 안 변호사는 현장검증(現場檢證)의 필요성을 장황하게 설명했다.

"재판장님! 이 사건 기록을 살피면 현장 상황이 명확하지 않습니다. 피고인 차량이 멈춰진 곳에서 음주단속 현장까지 거리가 얼마인지에 관하여 알아볼 필요가 있습니다. 그리고 야간에 차량이 줄지어 선 상태에서 과연 운전석에서 내린 사람의 인상착의를 식별할 수 있는지도 알아볼 필요가 있습니다. 야간에 단속 현장에서 똑같은 상황을 재연하는 것만이 이 사건의 실체적 진실을 확인할 수 있다고 생각합니다. 같은 시간대 또는 야간에 현장검증을 하여 주실 것을 신청합니다."

재판장은 안 변호사가 제출한 현장 검증신청서를 미리 서면을 통해 보았던지, 기록을 뒤적이더니 무척 곤란한 표정으로 답했다.

"재판장도 이 사건 장소를 자주 지나다녀 충분히 파악하고 있는 장소이고, 또 경찰에서 그려낸 단속 현장 현황 도면을 통해 충분히 알 수 있는 내용입니다. 따라서 굳이 현장검증을 하지 않더라도 충분히 사건 파악이 가능하다고 생각합니다. 더욱이 야간에 현장검증을 하는 것은 위험하고 실무적으로 가능하지도 않습니다. 따라서 현장 상황에 관하여 별도로 입증할 사항이 있으시면 현장 사진, 동영상 등을 법원에 제출하여 주시기를 바랍니다."

"본 변호인이 야간에 현장에 나가 보았는데 80미터 정도 되는 지점에서는 운전석에서 내리는 사람의 체형을 확인할 수가 없었습니다. 더구나, 차량이 줄지어 오는 사정이라면 전조등 불빛의 영향으로 시야를 분간하기조차 어려웠습니다. 현장검증이 반드시 필요해 보입니다."

자꾸만 보채는 안 변호사의 말에 재판장은 곤란한 표정을 짓더니,

왼쪽에 앉아 있는 판사와 한참 귓속말을 주고받았다.

"변호인 측의 현장검증 신청은 받아들이지 않습니다. 필요하다면 현장 사진 등을 제출해 주시기 바랍니다. 변론을 종결합니다. 검사의 의견은 전과 같을 것이고, 변호인! 최종 변론하세요."

판사가 안 변호사의 현장 검증신청을 기각하자 안 변호사는 적잖이 당황한 기색으로 추후 변론요지서를 제출하겠다고 말하면서 재판을 마쳤다.

선고기일이 7월 16일 오전 10시로 지정되었다.

안 변호사는 법정을 나서면서 약간은 흥분된 어조로 말했다.
"확실하게 알 수는 없지만, 재판장님이 피고인 측의 유력한 증거 신청인 현장검증 신청을 받아들이지 않는 것으로 보아 이미 피고인 측에게 유리한 판단 즉, 무죄의 심증을 굳힌 것이 아닐까요? 그렇지 않다면 현장검증을 받아들이지 않을 이유가 없는데……"
"피고인 측 현장검증을 받아들이지 않은 것은 피고인 측의 주장을 믿지 않는다는 것이 아닐까요?"
명재는 불안감을 숨길 수가 없었다.

안 변호사가 고개를 갸우뚱하면서 계속 이어갔다.

"유죄 인정은 엄격한 증거가 있어야 하는데, 증인들의 진술이 엇갈리는 상황에서 변호인이 신청한 현장검증을 실시하지 않겠다는 것은 이미 나타난 증거만으로도 유죄를 인정할 수 없다는 것이 아닐까요? 저는 그렇게 해석되는데요. 유죄의 입증은 검사가 해야 하는 것이고... 결국 지금 상황에서는 피고인에게 유리한 판결일 수밖에 없는 듯하네요."

명재와 상필은 안 변호사의 해석에 귀가 솔깃하기는 했지만, 재판장의 싸늘한 시선과 벼락 치듯 피고인 측 증인 명재를 나무라던 재판 진행을 보아왔기에, 국선변호인 이 변호사가 법정 구속 가능성을 말한 것에 더 무게를 두고 있었다.

그러나 선고기일까지 상필이 할 수 있는 것은 아무것도 없었다.
안 변호사가 법원에 제출하였다는 해박한 법률 지식을 동원한 변론요지서를 받아 보았지만, 내용이 너무 어려워 읽어보지 않고 접어두었다.
그 사이 몇 차례 명재가 안 변호사에게 전화하여 결과에 대한 예상을 물어보았지만, 안 변호사로부터 속 시원한 답변을 들을 수는 없었다.

9일의 시간이 흘러 드디어 7월 16일 10시 선고기일이 다가왔다.

명재, 희재, 상필은 핏기 없는 얼굴로 법정에 들어섰다.

오늘은 상필에 대한 선고가 맨 먼저였다.

"2008노0000호 도로교통법위반(음주운전 등) 피고인 조상필에 대한 판결을 선고합니다."

원심 및 당심이 적법하게 채택·조사한 증거들을 종합하면,

① 2008. 2. 6. 21:00부터 22:30경까지 대전 중구 중촌동 소재 삼육주유소 앞 하상도로에서 경찰관 3명 및 의경 8명이 음주운전 단속을 한 사실,

② 그런데 같은 날 22:05경 단속 경찰관인 신석현이 단속 현장으로부터 약 80미터 전방에 은행동 방향으로부터 둔산동 방향으로 즉, 단속장소로 진행하여 오던 06수0000호 그랜저 승용차가 진행 방향 도로 좌측의 갓길로 이동하여 정차하는 것을 발견하고 음주단속을 회피하는 차량으로 의심하여 곧바로 당시 단속업무를 보조하던 의경 오창원에게 쫓아가서 확인해보라고 지시한 사실,

③ 그 지시에 따라 오창원은 도로 우측 갓길 부분으로 정차해 있던 위 차량을 계속 응시하면서 30~40m가량을 쫓아 내려갔는데, 마침 위 차량의 전조등이 꺼지면서 운전석에서 남

자 한 명이, 조수석 쪽에서 여자 한 명(손희재)이 내렸고, 운전석에서 내린 뚱뚱한 체격의 남자가 달려서 도주하자 오창원은 도로를 가로질러 그 남자를 계속 추격했던 사실(조수석 쪽에서 내린 손희재는 걸어서 하상도로 위쪽으로 올라갔다),

④ 그러던 중, 호남철교 아래쪽으로 교각 옆을 지나 위쪽 천변도로로 완만한 'ㄴ'형으로 꺾여있는 부분에서 그 남자와 오창원의 추격 거리가 약간 벌어져 있고 도로 구조가 꺾인 상태여서 오창원은 잠시 그 남자의 모습을 놓쳤다가 그 남자의 도주로 방향으로 따라가면서 약 3초 후에 곧바로 그 남자를 발견하고 계속 추적하여 중촌동 주택가 골목 입구 부분에서 그 남자의 도주를 저지하고 그를 상대로 음주 사실을 확인한 후 혈중알콜농도를 측정한 결과 0.091%가 나왔는데, 바로 그 사람이 피고인이었던 사실(당시 추격상황, 도로 구조, 피추격자가 시야에서 사라진 시간 등에 비추어 오창원이 피추격자를 놓친 약 3초 동안 피추격자가 다른 사람, 그것도 남명재가 피고인으로 바뀌었을 가능성이 전혀 없어 보인다)이 인정되고,

여기에다가 ⑤ 계속 위 차량의 동태를 주시하면서 피고인을 추적한 신석현과 오창원은 이 사건 차량에서 내린 사람은 조수석 쪽에서 여자 1명, 운전석에서 남자 1명뿐이라고 일관되게 진술하고 있고,

⑥ 신석현은 운전석에서 내린 남자는 검은색 점퍼를 입은 뚱뚱한 남자가 분명하다고 일관하여 진술하고 있으며,

⑦ 신석현과 오창원이 허위 진술할 만한 아무런 동기도 찾을 수 없는 점,

⑧ 당시 남명재는 회색 니트 상의와 검은색 바지를 입고 있었고, 피고인은 검은색 계통의 점퍼를 입고 있었던 점,

⑨ 남명재(키 174cm, 몸무게 63kg)는 피고인(키 171cm, 몸무게 80kg)보다 키가 크고 호리호리한 체형이어서 검거자인 오창원이 남명재와 피고인을 혼동할 가능성이 없어 보이는 점,

⑩ 피고인이 단속된 후 자신은 음주운전을 하지 않았고 남명재가 운전하였다고 하면서 남명재에게 통화했으나 남명재는 단속 현장에 오지 않고 그대로 자기 집으로 간 점,

⑪ 남명재는 "검문을 하니 자리를 피하자고 말을 하고 차에서 저와 상필(피고인)이 내려 뛰어가는데 손희재가 보이지 않아 다시 차로 돌아가 차 문을 열어주고 차를 옹벽 쪽으로 붙여 주차하고 다시 뛰어갔습니다."라고 진술하고 있으나 이러한 사실은 당시의 급박한 상황 및 80미터 전방(오창원과 신석현은 80미터 정도라면 뛰어서 10초 내외로 도달할 수 있는 거리라고 진술하고 있다)에서 음주단속이 이루어지고 있는 것을 알았던 사람의 행동으로는 보기 어려워 상식적으로 납득이 가지 않고, 손

희재 역시 남명재가 이 사건 승용차로 다시 오기는 했으나 차를 옮기기 위해 운전하지는 않았다고 진술하고 있어 그 진술의 신빙성에 의심이 가는 점,

⑫ 남명재와 손희재는 피고인이 제일 빨리 도망갔고, 그 뒤를 남명재가, 그 뒤를 손희재가 따라 도망하였다고 진술하나 상황이 그러했다면 단속 경찰관이 남명재를 검거하기가 더 쉬웠을 것으로 보이는데 오창원은 피고인만을 쫓아가 검거했던 점,

⑬ 만약 남명재가 운전하였다면 피고인이 도망할 뚜렷한 이유가 없어 보이는 점 등까지 보태어 보면,

이 사건 당시 차량의 운전자는 피고인이 분명해 보이고, 이와 반대의 사실을 전제로 하여 피고인에게 무죄를 선고한 원심에는 사실오인의 위법이 있다.

따라서 원심을 파기하고 다음과 같이 선고합니다.

피고인에게 징역 6월을 선고합니다.

오늘 피고인을 구속합니다.

이 판결에 불복이 있으면 1주일 이내에 이 법원에 상고하면 됩니다.

법정구속(法庭拘束)이었다.

항소심 재판부가 무죄를 선고한 원심(原審)을 파기(破棄)하고 유죄로 바꾸면서 실형(實刑)까지 선고한 것이었다.

항소심 재판장이 법정구속할 피고인에게 미리 신변정리를 잘하고 오라고 말하는 것으로 유명하다는 이 변호사의 말이 맞아떨어졌다.

선고가 떨어지자 교도관들이 상필의 양팔을 잡아끌어 법정 옆방으로 가 수갑을 채우고 포승줄로 묶었다.

'아닌데, 아니야! 가족들 모두 모르고 있는데, 그리고 내일 직장에서 처리해야 할 일이 많은데!'

머리를 쥐어짜면서 속으로 소리치고 있지만, 상필이 할 수 있는 건 아무것도 없었다.

핏기 없는 멍한 시선으로 호송버스를 타고 교도소로 향하고 있었다.

온몸을 탈의하고 신체검사를 받은 후 항문 검사까지 마치고 나니, 상필은 화가 치밀어 미칠 지경이었다.

1심 변호사의 말대로 자백하고 잘못을 인정하여 벌금을 받지 않은 것이 갑자기 후회로 밀려오고, 희재와 명재가 원망스러웠다.

"경찰, 검찰에서 그렇게 말해도 믿어 주시 않던 것을 법원에 와서 진실을 밝힌다고? 내가 이럴 줄 알았어! 책임지지도 못 할 일을 벌여

놓고 이게 무슨 꼴이야! 아이고!"
 가슴을 치리면서 후회하지만, 이미 엎질러진 물이었다.

 징역 6개월은 짧다면 짧은 시간이지만, 상필에게 중요한 것은 그러는 동안 직장에서 쫓겨나야 하고, 파산할 수 있다는 것이었다.

 명재의 발걸음이 빨라졌다.
 "변호사님! 이제 어떻게 해야 하나요?"
 나이도 지긋하고 점잖아 보이는 안 변호사가 다소 상기된 표정이 되어 있었다.
 "사고 없는 단순 음주운전 초범에 대하여는 벌금형을 선고하는 것이 통상인데!
 최악이라도 집행유예 판결을 선고하면 될 텐데!
 범죄를 부인하면서 반성하지 않는다고 실형을 선고한 것입니다. 소위 괘씸죄지요."
 명재는 미안한 표정이 역력한 안 변호사를 오히려 위로하면서 물었다.
 "상고(上告)는 해야 하나요?"
 "상고는 해야겠지만 상고심(上告審)에서 바뀌는 경우가 거의 없어서……"

안 변호사가 부정적이었지만 명재는 여기서 포기할 수 없었다.

"변호사님! 어떻게든 상필을 살려주세요!"

4. The 재판 III
- 상고기각

"상필아! 내가 할 말이 없다. 미안하다. 내가 니 손해는 모두 보상해줄게!"

역시 안 변호사의 말이 맞았다.

상고심에서는 구속 만기 4개월 가까이 되자 상필을 일단 보석(保釋)으로 석방(釋放)했다.

그 와중에, 상필은 명재에게 피해변상을 요구하는 메일을 보냈다.

직장에서 해고당하고, 경제적인 피해가 이만저만이 아니니 2,460만 원의 피해를 배상해달라는 내용이었다.

상필에 대한 상고가 기각되는 데는 보석 석방된 날로부터 4개월도 걸리지 않았다.

2010년 2월 25일 대법원에서 상필에 대한 판결이 선고되었다.

피고인의 상고를 기각한다.

증거의 취사선택과 사실의 인정은 논리와 경험칙에 반하지 않는 한 사실심의 전권에 속하는바, 원심판결의 채용 증거들을 기록에 비추어 살피면, 원심이 그 판시와 같은 사실 및 사정을 기초로, 이 사건 당시 피고인이 차량을 운전하였다고 판단하여 이 사건 범죄사실에 대하여 피고인을 유죄로 인정한 것은 수긍이 가고, 거기에 상고이유에서 주장하는 바와 같은 채증법칙위반 등의 위법이 없다.

그러므로 상고를 기각하기로 하여 대법관의 일치된 의견으로 주문과 같이 판결한다.

상필은 판결선고와 동시에 보석이 취소되면서 다시 구속되었고, 남은 형기를 더하여 꼬박 6개월을 교도소에서 보내야 했다.

자백하고 반성한 사람에게 주어지는 가석방의 기회도 없어서 상필은 6개월을 모두 채우고 만기출소를 했다.

상필이 강경교도소에서 출소하는 날이었다.

"상필아! 내가 할 말이 없다. 미안하다. 내가 니 손해는 모두 보상해줄게!"

명재가 상필의 손을 잡고 위로했지만, 상필은 아무 대답이 없었다.

희재 역시 숨을 죽인 채 두 사람 뒤를 따르고 있었다.

5. Re 재판 I
- 증인이 된 상필

"다시 증인으로 법정에 선 상필의 운명은?"

상필에 대한 상고가 기각된 얼마 후, 명재와 희재가 검찰에서 소환 통보받았다.

위증죄(僞證罪)로 조사를 받으러 들어오라는 것이었다.

첫날부터 명재와 희재는 피의자(被疑者)로 조사를 받게 되었다.

명재는 자신이 운전자이고 법정에서 사실대로 말했다고 진술했지만, 수사관은 불쌍하다는 듯이 바라보았다.

"지금이라도 사실대로 진술할 생각이 없나요?"

희재도 마찬가지였다.

거짓말을 하지 않았다고 애써 말했지만, 역시 믿는 눈치가 아니었다.

수사관이 조서를 작성하는 동안 방 가운데에 앉아 기록을 살피면서 얼핏얼핏 듣고 있던 검사가 몇 차례나 끼어들었다.

"이미 대법원 판결로 사실확인이 끝난 것이니 잘 생각해서 진술하세요!"

뭘 확인했다는 것인지 모를 일이었다.

조사가 끝난 후, 검사가 둘을 불러세웠다.
"처음부터 사실대로 진술하고 처벌받았다면 조상필이 저렇게 실형을 받을 이유가 없었잖아요. 그런데 지금까지도 거짓말을 하네요. 안타깝네요. 돌아가세요."
검찰청에서 나오는 길에 희재는 명재를 붙잡고 불만을 터뜨렸다.
"왜 나를 구렁텅이에 밀어 넣는 거야! 어떻게 하라고! 니가 시키는 대로만 하면 쉽게 끝난다고 해놓고 이게 뭐냐? "

"미안해! 내가 다 감당할게!"
냉재가 얼굴을 못 들고 대답하는데도 희재는 계속 불만이었다.
"뭘, 어떻게 감당할 건데? 내가 법정에 안 나가겠다고 했잖아! 이제 어떡할 거야? 우리 모두 감방 가게 생겼잖아!"

명재는 그날 밤새도록 술을 마셨다.
마치 그간 살아온 인생이 모두 부정되는 느낌이었다.
두 명의 친구를 범죄자로 만든 것이 모두 자기 책임이라는 자괴감이 들었다. 갑자기 죽고 싶다는 충동이 일어 '이래서 사람들이 자살하는구나' 하는 생각도 들었다.

하루하루가 지옥이다 싶었다.

며칠 후 검사실 수사관으로부터 연락이 왔다.
"내일 구속영장실질심사를 받아야 하니, 오후 2시까지 대전지방법원 301호 법정으로 나오세요."
드디어 올 것이 온 것이었다.

명재는 서둘러 안 변호사를 만나러 갔다.
"저는 이미 조상필 사건에서 실패한 변호사니, 다시 이 사건을 진행하기가 어렵습니다. 다른 시각을 갖고 볼 수 있는 변호사를 찾아보시는 게 더 낫습니다."
야속했지만 안 변호사의 말에 수긍이 갔다.
이미 상필의 음주운전 사건에서 유죄 확정판결을 받았으니, 위증 사건에서 어떻게 달리 주장할 수 있을까?
답답한 노릇이었다.

사실 명재는 알고 있는 변호사들이 몇 명 있다.
그런데, 창피했다.
그래도 그중 한 변호사를 찾아갔다.
대답이 뜨뜻미시근하게 들렸다.
"대법원까지 가서 확정된 사건이니 뒤집긴 어려울 거예요. 위증 사실을 자백하고 도주나 증거인멸의 우려가 없다고 변소(辯訴)를 해서 구속을 면해보는 게 어때요?"

또 다른 변호사를 찾아가도 마찬가지였다.
"자백하고 인정하면 선처 가능성이 조금이라도 있고 부인하게 되면 대법원에서 확정된 사건을 부정하는 것이라서 증거인멸이나 도주의 우려가 있다고 보아 구속을 피하기 어려울 것 같은데요. 더구나 검사가 청구한 영장을 법원에서 기각하는 것은 어려워요. 판사들은 검사가 직수(直搜 ; 직접 수사)하여 청구한 영장은 잘 기각하지 않거든요."

명재는 변호사들의 말을 듣고 절망에 빠졌다.
'변호사들의 조언대로 자백하고 구속을 면할까? 과연 자백하고 인정하면 구속을 면할 수는 있는 것일까? 희재는 앞으로 어떻게 될까?'
의문이 꼬리를 물면서 밤을 꼬박 새워 고민했다.
이미 대법원에서 음주 운전자가 상필이라고 확정된 마당에 다시 돌이킬 방법이 없을 것 같았다.
밤샘 번뇌 끝에 마음속으로 결론을 내렸다.
물론 희재와는 상의하지 않았다.

아내에게는 오늘 출장을 갔다가 며칠 못 올 수 있으니, 걱정하지 말라고 말하면서 문을 나섰다.

아내는 평소 자주 출장을 다니는 명재에게 보통 때처럼 잘 다녀오라는 인사만 하고 이내 허드렛일을 이어갔다.

평생 고생하면서 사업을 해 왔지만 이렇게 절망스럽고 두려운 상황은 처음인 것 같았다.

'그래! 내가 죽으러 가는 것은 아니니 최악이라도 상필처럼 6개월만 살다가 오자. 평생을 쉴 틈 없이 살아왔는데 이참에 좀 쉰다고 생각하자!'

수백 번 되뇌면서 법정에 들어섰다.

조그만 법정이었는데 수사를 한 검찰 수사관이 미리 와서 기다리고 있었다.

"구속전피의자심문(拘束前被疑者審問 ; 구속영장실질심사)을 시작합니다. 피의자 남명재! 앞으로 나오세요."

판사가 명재를 호명했다.

판사는 진술거부권 고지와 인정신문(人定訊問 ; 신분확인)을 한 후, 구속영장 범죄사실을 낭독했다.

"이 사건 영장 범죄사실은

　피의자는 2008. 11. 24. 17:00경 대전 서구 둔산동 소재 대전지방법원 232호 법정에서, 위 법원 대전지방법원 2008고단0000호 피고인 조상필에 대한 도로교통법 위반(음주운전) 등 사건의 증인으로 출석하여 선서한 후 위 사건을 심리 중인 위 법원 형사 3단독 판사 000 앞에서 검사의 '2008. 2. 6. 22:05경 대전 중구 중촌동 소재 삼육주유소 앞 도로에서 06수0000호 그랜저 승용차를 운전한 것이 증인이 맞는가요'라는 질문에 '예, 그렇습니다'라고 증언하였다. 그러나, 사실은 그 당시 위 조상필이 위 그랜저 승용차를 운전하였다. 이로써 피의자는 자신의 기억에 반하는 허위의 진술을 하여 위증하고,

2009. 4. 30. 15:30경 대전 서구 둔산동 소재 대전지방법원 230호 법정에서, 위 법원 대전지방법원 2008노0000호 피고인 조상필에 대한 도로교통법 위반(음주운전) 등 사건의 증인으로 출석하여 선서한 후 위 사건을 심리 중인 위 법원 재판장 판사 000 앞에서 검사의 '2008. 2. 6. 22:05경 대전 중구 중촌동 소재 삼육주유소 앞 도로에서 06수0000호 그랜저 승용차를 운전한 적이 있나요'라는 질문에 '예'라고 증언하였다. 그러나, 사실은 그 당시 위 조상필이 위 그랜저 승용차를 운전하였다. 이로써 피의자는 자신의 기억에 반하는 허위의 진술을 하여 위증하였다는 것인데, 피의자는 범죄사실을 인정하나요?"

변호인 없이 법정에 선 순간 명재는 아침까지 맘먹은 결정을 뒤집을까 하는 생각이 머리에 스쳤다.

'여기서 인정하고 깨끗하게 돌아설까?'

한참을 머뭇거리던 명재를 향해 판사가 다시 물었다.

"피의자! 진술거부권 행사를 하실 수도 있습니다. 답변 안 하시겠습니까?"

명재가 입을 열었다.

남명재 "아니요. 저는 위증하지 않았습니다."

판사 그럼 조상필에 대한 대법원 판결이 틀렸다는 것인가요?
남명재 네!

판사 경찰관 신석현과 오창원의 진술에 의하면, 운전석에서 내려 도망친 사람이 조상필이라는 것인데, 그럼 그들이 거짓말을 하였다는 것인가요?
남명재 경찰관들이 잘못 본 것입니다.

명재는 판사의 단호한 말투에서 이미 기울어진 운동장임을 느낄 수 있었다.

상필의 그 재판(裁判)이 다시 재판(再版)되고 있는 것이었다.

판사 경찰관들이 잘못 보았다는 것이 무슨 말인가요?
남명재 경찰관들은 먼저 도망친 저를 보지 못하고, 나중에 현장에서 도망치던 상필이를 붙잡은 것입니다.

판사	조상필이 현장에서 붙잡혀 음주단속을 당한 사실을 언제 알았나요?
남명재	현장에서 희재를 만나 알게 되었습니다.

판사	손희재를 어떻게 다시 만났나요?
남명재	희재는 상필이가 경찰에 의해 연행된 후 현장으로부터 걸어서 둔산동 쪽으로 가고 있었고, 제가 전화를 걸어 만나게 된 것입니다.

판사	손희재는 음주단속 당시 어디에 있었나요?
남명재	현장에서 그 장면을 보고 있었다고 합니다.

판사	경찰은 왜 현장에 있던 손희재를 불러 물어보지 않은 것인가요?
남명재	경찰들이 희재를 그냥 지나쳐 상필이를 붙잡았고, 희재는 그 장면을 보고만 있었는데, 경찰관들이 희재에게는 아무것도 물어보지 않았다고 합니다.

판사	피의자는 손희재로부터 그 이야기를 듣고 난 후 운전자가 조상필이 아니고 자신이었다면 바로 경찰로 가 사실을 밝혔어야 하지 않나요?

남명재   죄송합니다. 제가 잘못했습니다.

판사   다시 한번 묻겠는데, 운전자가 누구인가요?
남명재   상필이는 운전하지 않았습니다.

판사   그럼 피의자가 운전하였다는 것인가요?
남명재   ……네!

판사   그걸 어떻게 증명할 수 있나요?
남명재   진실이니 밝혀질 수 있다고 생각합니다.

판사   심문(審問)을 마칩니다. 마지막으로 할 말이 있으면 해 보세요.

판사가 기회를 줬지만, 명재는 더 이상 말을 잇지 못했다.

진실이라고 말은 했지만, 불신의 벽 앞에서 한 자신 없는 주장은 공염불(空念佛) 같았다.

심문이 끝나자 명재는 검찰 수사관의 손에 이끌려 둔산경찰서 유치장에 일시 수감 되었다.

수사관의 말에 의하면, 영장실질심사 결과가 오후 6시 정도면 통보되는데 영장이 발부되면 내전교도소로 이감(移監)될 것이고 영장이 기각되면 방면(放免)된다는 것이었다.

명재는 어차피 결과가 뻔할 거라는 생각이 들었다.

명재는 둔산경찰서 유치장에 수감 되면서 오히려 마음은 편했다.
이것이 억울하게 교도소를 다녀온 상필에 대한 미안함을 풀 기회라고 위안하면서 바닥에 편하게 누웠다.
자신이 만든 이 상황을 자신이 끝까지 책임져야 한다고 굳게 다짐하고 있었다.
이 엄중한 상황에서 술, 담배도 끊고 독서도 하고 운동도 하면서 건강하게 지내볼 우스운 생각도 들었다.

"훗훗! 영장이 기각되면 내 손가락에 장을 지진다."
피식피식 웃으면서 실성한 모습이 되어 버린 명재가 애처로운지 유치장 당번 근무 의경이 흘깃흘깃 바라보았다.

각오는 되어 있었지만 걱정이었다.
87세 된 노모와 대학원생인 딸, 고3 아들이 알게 되면 큰일이었다.
형님 동재의 불같은 성격이 어디로 튈지도 알 수가 없었다.
"에라 모르겠다!"
자포자기 심정으로 잠을 청해보다가 밤샘 탓인지 졸음이 밀려와 이내 잠에 빠졌는데 얼마 후 누군가가 잠을 깨웠다.
"구속영장이 발부되었네요. 대전교도소로 이감합니다."

다음 날 아침 상필한테 연락받은 명재의 형 남동재가 득달같이 대전교도소로 달려왔다.

"야 임마! 이게 무슨 일이냐?"

캐묻는 동재에게 명재는 길게 설명할 수가 없었다.

"형! 난 상필이가 운전하지 않았다고 사실대로 말했을 뿐이야! 그런데 아무도 믿어 주질 않네!"

동재는 사업하랴, 봉사활동 참여하랴, 일인 백 역으로 바쁘다 보니 대부분 회사 일을 동생 명재에게 맡겨놓은 처지였다.

동재는 최근 논산에 새로운 공장을 신축하는 일마저도 명재에게 맡겨놓은 상태라서 느닷없는 명재의 구속은 그야말로 큰일이었다.

접견 제한 시간인 5분간 짧은 대화를 나누고 동재는 변호사를 선임해주겠다면서 교도소를 나섰다.

다음 날 동재의 부탁을 받은 한상연 변호사가 명재를 찾아왔다.

명재로부터 상세히 사건에 대한 설명을 들은 한 변호사는 기록을 살펴본 다음 다시 상의하자면서 다음 피의자를 불렀다.

그날 한 변호사가 접견하는 피의자가 10명이 넘는 것 같았다.

검사 출신 변호사로 전관예우를 받는 분이라고 옆에 기다리면서 앉아 있던 수감자늘이 수군서렀시만, 지금까지 재편을 겪어본 바로는 진실을 밝히기가 어려울 거라고 명재는 생각했다.

군대 시절 전방에 있는 특공여단에 근무하면서 몇 번 죽을 고비를 넘겼던 명재에게 교도소 생활은 그나마 버틸만한 공간이었다.

그러나 동재는 달랐다.
동재는 사실 하나뿐인 동생 명재를 어릴 적부터 돌보다시피 해 왔다.
"정말 상필이 운전한 것이 아니고, 니가 운전자냐?"
동재는 매일같이 교도소에 접견을 와 명재에게 물었다.
그리고 상필과 희재를 수차 만나 운전자가 상필이 아니라는 사실을 확인했다.

명재가 구속된 사실은 동재와 명재의 처만 알고 있었다.
노모(老母)나 아이들이 알면 안 되는 일이었다.
"동남아로 영업하러 출장 갔어요!"
동재가 둘러댔지만, 매일같이 안부 전화를 하던 명재가 보이지 않자 노모는 동재에게만 매일같이 닦달이었다.
대학원생인 명재의 딸은 큰아버지인 동재가 어려운 일을 모두 자기 아빠에게만 시키는 것이 불만이었다.
"또 출장 보내신 거예요? 건강도 좋지 않은데 매번 출장만 보내고!"
다만 고등학생 3학년인 명재의 아들은 매일 아침 일찍 등교해서 새벽 1시가 넘어서야 귀가했기 때문에 어차피 몇 개월째 아빠를 보지 못하고 있어서인지 아빠에 관해 묻지도 않았다.

동재로서는 빨리 해결하지 않으면 안 되는 일이었다.

한 변호사에게 수차 재촉했지만, 부인하는 사건이라서 보석도 어렵고 재판 기간도 길어질 것이라고 말하면서 최소한 몇 개월은 걸린다고 대답했다.

공소장과 수사 기록을 모두 읽어본 한 변호사가 동재와 희재에게 만나자고 연락했다.

워낙 유능한 변호사로 소문난 한 변호사에게 동재는 한껏 기대하고 있었다.

"공소장에는 남명재와 손희재가 함께 똑같은 내용으로 위증을 한 것으로 되어 있습니다. 다만 남명재가 조상필 사건의 1심과 항소심에서 두 번의 위증을 하였고, 주도적으로 범행을 저지른 것으로 보여져 구속된 것입니다. 그런데 이거 대법원에서 이미 확정된 사건이라서 공소사실을 다투는 것이 어렵겠는데요."

며칠간 기록을 상세히 읽어봤다면서, 한 변호사가 동재와 희재에게 조심스레 말을 건넸다.

"그럼 어떻게 해야 하나요?"

동재가 한 변호사에게 절박한 심정으로 묻자, 한 변호사는 헛침을 곤란한 표정을 짓더니 담담하게 답변했다.

"자백하고 반성해야 집행유예로 나올 가능성이 있어 보이네요."

"그럼 그렇게 명재를 설득해서 인정하고 빨리 나올 수 있도록만 해주세요."

동재가 한 변호사에게 부탁하고 있었지만, 희재는 아무 말도 하지 않고 듣고만 있었다.

며칠 후 한 변호사가 동재와 희재를 다시 불렀다.
"안 되겠네요. 명재가 확고해요. 상필이 운전하지 않았다고 하네요."
동재가 그 자리에서 희재에게 물었다.
"답답하네요. 솔직하게 물어봅시다. 진짜 누가 운전한 거예요?"
"상필이는 운전하지 않았어요."
"그런데 왜 조상필이 교도소 가고, 남명재와 손희재가 위증으로 기소된 겁니까?"
화가 난 동재가 소리를 쳤지만, 이미 풀이 죽은 희재에게 더 다그칠 수 없었다.

"대법원에서 판결이 확정된 사안은 뒤집을 수 없나요?"
동재가 묻자 한 변호사가 고개를 저으면서 답했다.
"형사재판에 있어서 이와 관련된 다른 형사사건 등의 확정판결에서 인정된 사실은 특별한 사정이 없는 한 유력한 증거자료가 되는 것이라서 대부분 그대로 인정됩니다."

다시 교도소로 찾아온 동재에게 명재는 눈물을 흘리면서 말했다.
"형! 그냥 내가 살고 나갈게! 다 내 잘못 때문에 일어난 일이야! 내가 도망치자고 한 거니까 죄는 받아야지! 그리고 상필이를 억울하게 교도소에 보냈으니 내 업보야! 그냥 내가 살고 나갈 테니 공장이나 잘 돌봐줘!"
"야 임마! 정신 차려! 우리가 그렇게 살지 않았잖아!"
동생에게 큰소리를 치고 돌아서는 동재의 맘도 편치 않았다.

'대체 어디서부터 잘못된 거야?'

동재는 큰 사업가이기도 하지만 자원 봉사단체를 이끄는 사람으로 지역사회에서 저명한 인사였다.
평생 동생 명재와 함께 사업을 하면서 언젠가는 명재에게 사업을 물려줄 생각도 하고 있었는데, 이런 일이 생긴 것이었다.
동재는 다시 한 변호사를 찾아가 부탁했다.
"명재의 뜻대로 해주시고, 억울함을 꼭 풀어주세요! 잘못돼도 원망하지 않겠습니다."

2010년 4월 29일 오전 10시, 첫 공판기일이었다.

희재로부터 소식을 듣고 달려온 상필도 추레한 모습으로 법정에서 지켜보고 있었다.

"2009고단0000 위증 사건, 피고인 남명재, 손희재!"
판사의 호명에 따라 명재와 희재의 위증 사건이 개정되었다.

흙색 수의를 입은 채 희재와 나란히 법정에 선 명재는 이미 마를 대로 말라 보였고, 이를 바라보는 희재의 모습은 잔뜩 겁에 질려 있었다.
한 변호사가 공소사실을 부인하고 있었다.
검사가 다시 석현과 창원을 증인으로 신청하고, 한 변호사는 상필을 증인으로 신청했다.

한 달 뒤인 5월 27일 오후 3시로 증인신문기일이 지정되었다.
상필에 대한 음주운전 선행사건(先行事件)에서와 똑같은 절차에 따라 재판이 진행될 것으로 보였다.
다만 상필이 피고인의 지위에서 이번에는 증인의 지위로 바뀌었을 뿐이었다.
그러나 명재는 이미 체념하고 있었다.
'이건 상필에 대한 그 재판(裁判)의 재판(再版)에 불과해! 이미 상필이 음주운전자로 대법원에서 확정판결을 받았는데 어떻게 우리가

부인할 수 있다는 것이지?'

명재는 이미 풀이 죽어 있었고, 이미 상필에 대한 선행사건에서 경찰, 검찰, 법원을 모두 거치면서 확정되었던 내용을 다시 증인을 불러 뒤집을 수는 없는 일이라고 생각했다.

"부인하면서 모든 증거를 동의하고 끝내면 재판을 포기하는 것과 같아요. 어찌 됐든 피고인에게 불리한 증거는 부동의 하여 다시 한번 확인해서 탄핵해야 하고 유리한 증거는 채택되도록 해야 합니다. 하는 데까지 최선을 다해봅시다."

명재는 접견을 온 한 변호사가 조언하는 대로 수동적으로 응하고 있었지만, 이미 3번의 재판에서 지친 탓인지 그다지 열의가 있어 보이지 않았다.

드디어 5월 27일 오후 3시, 증인신문 기일이 열렸다.

석현과 창원의 증언은 전혀 달라지지 않았다.
특히 단호한 태도의 신 경사 증언은 확신에 차 있었다.
검사, 변호사, 판사가 누차 질문해도 운전석에서 내린 사람은 검은 파카 점퍼를 입은 뚱뚱한 체격의 상필이라는 것이었다.

석현과 창원에 대한 증인신문이 끝나고, 상필이 증언석에 섰다.

먼저 한 변호사가 주신문을 시작했다.

변호사 증인은 음주운전 사건으로 실형을 선고받고 만기 출소했나요?
조상필 네!

변호사 증인은 음주운전을 한 사실이 있나요?
조상필 아니요, 조수석에 타고 있었을 뿐입니다.

변호사 증인은 음주운전으로 실형 선고를 받아 복역하고도 다시 이 사건에 와서 자신이 운전하지 않았다고 증언하는 이유가 무언가요?
조상필 확실하게 제가 운전하지 않았기 때문입니다.

변호사 그렇다면 증인이 당시 도망친 이유가 무언가요?
조상필 명재가 갑자기 도망치라고 소리를 쳐 도망한 것뿐입니다.

변호사 증인은 음주 측정 당시 명재에게 수차 전화를 걸었나요?
조상필 네! 그런데 명재가 받지 않았습니다.

변호사 증인이 경찰서로 가서 경찰관이 전화를 연결해줘 명재

	와 통화를 했는데, 명재가 경찰서로 오겠다고 하고는 오지 않았나요?
조상필	네!

변호사	명재가 경찰서로 왜 안 온 것인가요?
조상필	곤란했겠지요.

변호사	무엇이 곤란했다는 것인가요?
조상필	그 상황이……

검사가 이어서 반대신문을 했다.

검사	증인은 대법원에서 유죄 판결을 선고받은 후 재심을 청구한 적이 있나요?
조상필	억울해서 재심청구를 하려고 했는데, 변호사에게 문의해보니 재심사유 자체가 안 된다고 해서 포기했습니다.

검사	증인은 오늘 증언한 내용이 위증에 해당하면 다시 처벌될 수 있는데, 사실대로 진술할 생각이 없나요?
조상필	사실대로 말하는 겁니다.

판사가 보충신문을 이어갔다.

판사 증인이 음주운전을 하지 않았다면 그 자리에서 음주 측정에 응하지 말았어야 했는데, 왜 순순히 응했나요?

조상필 경찰관이 음주측정기를 들이대면서 계속 불으라고 해서 일단 불기는 했습니다.

판사 만일 증인이 음주운전을 하지 않았다면, 그 자리에서 운전자인 남명재를 불러 사실을 밝혔어야 하지 않나요?

조상필 음주 측정하는 자리에서 명재에게 전화를 걸었는데, 명재가 전화를 받지 않았습니다.

판사 증인은 평소 운전을 하나요?

조상필 운전면허도 없고, 차도 없습니다.

판사 증인은 지금은 무슨 일을 하나요?

조상필 그 사건으로 실형을 선고받는 바람에 직장에서 해고되었고, 현재 일용직으로 막일하면서 살고 있습니다.

증인신문이 끝난 후, 판사가 검사와 한 변호사에게 더 신청할 증거가 있는지를 물었는데, 한 변호사가 현장검증 및 현장에서의 증인신문을 해줄 것을 신청했다.

"이 사건의 가장 중요한 목격자들이 현장에서 모여 사실확인을 마지막으로 해보고 싶습니다. 피고인들이 이미 대법원에서 확정된 사건인데도 불구하고 이렇게까지 부인하는 것은 너무나 억울하기 때문입니다. 야간에 현장검증을 실시해 보면 사실관계가 확연해질 것입니다."

판사가 의외로 쉽게 현장검증을 받아들였다.
다만 "야간에 현장검증을 실시하는 것은 위험하고 실무적으로 어려움이 있으므로 낮 시간대에 실시하겠다"라고 했다.
상필에 대한 음주운전 사건 항소심에서부터 변호인들이 주장하였던 현장검증이 명재와 희재에 대한 위증 사건에서 비로소 처음으로 받아들여진 것이었다.
비록 주간에 하는 현장검증이지만 한 변호사는 그것만도 다행이라 생각하고 받아들이기로 했다.

판사는 "9월 7일은 오후 3시 음주단속 현장에서 공판외기일(公判外期日)로 현장검증 및 현장에서의 증인신문을 한다"라고 선언하면서 재판을 마쳤다.

재판부 사정으로 현장검증 기일이 늦게 잡히면서 그사이 명재는 1심 구속 만기인 6개월 가까이 수감 된 상태가 되었고, 한 변호사의 보석 허가 신청으로 명재는 석방되었다.

약 5개월 이상 동남아 출장에서 돌아온 모양새로 명재는 우선 노모와 아이들을 만나 사정 설명을 하였고, 형 동재와 함께 다시 일상으로 돌아와 공장일을 돌보면서 재판에 임하게 되었다.

"형! 내가 군 생활을 특수부대에서 몇 년을 버틴 놈인데, 그까짓 교도소 생활 몇 개월 정도는 껌이었지!"

태연한 척하는 명재가 동재로서는 여전히 안쓰럽고 불안해 보였지만, 그래도 씩씩한 동생의 모습이 속으로는 대견했다.

9월 7일 오후 3시 경찰의 통제하에 대전 중구 중촌동 삼육주유소 앞 하상도로 인근에서 공판외기일이 열렸다.

생각보다 참석인원이 많았다.

법원에서는 판사와 참여관, 실무관, 운전기사 등 4~5명, 검찰에서는 공판 검사와 수사관 등 3~4명, 피고인 측에서는 명재, 희재, 동재와 한 변호사 등 4~5명, 증인으로는 석현, 창원, 상필 등 3명, 그밖에 현장을 통제하는 경찰관 10여 명이 모이다 보니, 현장은 북새통이었다.

지나가는 차량 들은 큰 사고가 난 건지 궁금하여 차 창문을 열어 내다보고 있었고, 어떤 사람들은 갓길로 차를 멈추고 내려서 보고 있었다.

판사가 피고인 명재와 희재를 불러세우고, 증인 석현, 창원, 상필을 불러서 신분 확인 후, 검사와 한 변호사에게 현장에서의 어떻게 입증할 것인지를 물었다.

검사는 음주단속 현장에서 하상도로를 가로지르는 철길 쪽을 바라보면서 충분히 시야를 확보할 수 있고 밤에도 충분히 내려다 볼 수 있음을 강조하면서 이 부분에 관하여 사진 촬영하여 현장검증 조서에 반영할 것을 요청했다.

한 변호사는 공소사실이 인정한 음주단속 현장에서 80미터 지점은 갓길을 지나친 지점이고, 차량이 멈춰선 지점은 갓길이 시작되는 170미터 지점이며, 그게 아니라면 적어도 갓길이 끝나는 부분인 120미터 지점이고, 그와 같이 120미터가 넘는 지점이라면 밤에는 절대 보이지 않는다고 강조했다.

판사가 신 경사에게 차량이 멈춘 장소가 어디쯤인지를 묻자 '갓길에 정차한 것이 맞다'라고 인정하면서 음주단속 지점에서 가장 가까운 120미터 정도 떨어진 지점이라고 특정했다.

판사가 같은 질문을 하자, 상필과 희재는 음주단속 지점에서 가장 먼 170미터 정도 떨어진 지점이라고 특정했다.

한 변호사는 음주단속을 피하려는 사람이 갓길을 따라 음주단속 현장에 가까이 다가가 차를 멈추지는 않았을 것이라고 주장하면서, 차량이 멈춘 지점이 170m 정도에 가까울 것이라고 거들었다.

이어서 한 변호사는 경찰관의 주장대로 차량이 멈춰선 장소가 갓길이 끝나는 부분인 120m 정도 떨어진 지점이라도 밤에는 절대 보이지 않는다고 강조했다.

판사가 신 경사에게 음주단속 현장에서 하상도로 쪽을 밤에 내려다보아도 충분히 보이는지를 재차 확인하니, 확신에 찬 목소리로 지금 보이는 것과 크게 다르지 않다고 강조했다.

판사는 검사와 한 변호사에게 현장에서 주장한 내용을 정리하여 제출하도록 한 다음 실무관에게 현장에서 각도를 달리하여 여러 장의 사진을 촬영하도록 명했다.

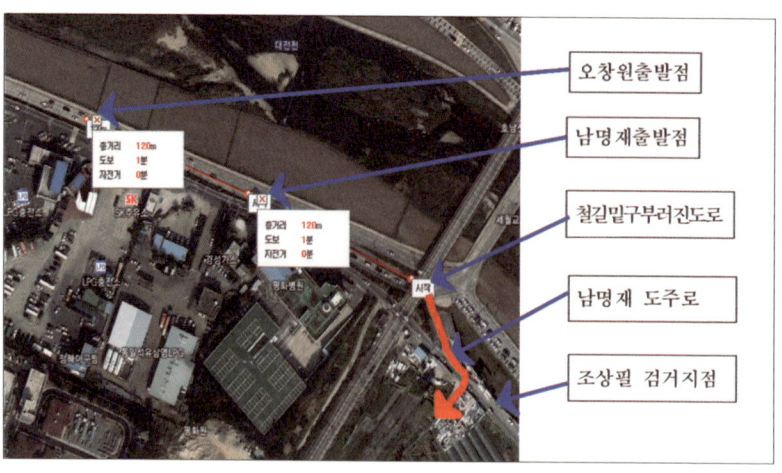

피고인들과 조상필의 도주로 (우측 옹벽으로 인해 좌측의 하천변길과 우측의 뚝방길 사이의 갓길로만 도주 가능)

조상필이 '철길 밑 교각 뒤'에서 명재와 희재를 기다리는 모습(피고인들의 주장), 여기부터 도로가 뚝방길로 구부러져 올라감

참여한 사람들이 판사의 동선에 따라 음주단속 현장과 차량이 멈춘 지점, 도주로 지점, 상필의 검거지점 등을 오가면서 약 1시간 정도 현장에서의 확인과 촬영 후 판사가 기일 진행을 마치겠다면서 현장을 떠나며 다음 공판기일을 11월 9일 오후 3시로 지정했다.

한 변호사는 물론 명재, 상필, 희재도 현장검증에서 크게 수확을 얻은 것이 없다는 걸 느꼈다.

다만 차량이 멈춰선 장소가 80m라는 공소사실과 다르게 120m 이상이라는 사실을 확인한 것이 유일한 수확이었다.

그러나 야간에 그와 같이 떨어진 거리에서 확인할 때 차에서 내리는 사람을 명확하게 구분할 수 있는지에 관하여 현장검증을 통해 확인하지 못한 것이 가장 큰 아쉬움이었다.

11월 9일 오후 3시, 마지막 공판기일이 열렸다.

"이미 충분히 증거조사를 하였으므로, 검사와 피고인 측에서 달리 신청할 증거가 없어 보입니다. 따라서 변론을 종결하고자 하는데 이에 대하여 의견 없으시지요?"

모든 증거조사를 마쳤으므로 마치 더 이상 증거신청을 하지 말라는 것 같은 태도의 판사에게 한 변호사도, 명재도 더 이상 입을 열지 못했다.

검사가 논고와 함께 구형했다.

"이 사건은 조상필에 대한 대법원 판결로 이미 사실관계가 확정된 것입니다. 따라서 남명재와 손희재는 위증으로 치벌되어야 마땅합니다. 조상필에 대하여도 추후 위증죄로 입건할 예정입니다. 피고인 남명재에게 징역 1년 6월, 피고인 희재에게 징역 1년을 선고해 주시기 바랍니다."

한 변호사가 최후변론을 했다.

"이미 대법원에서 확정된 사건임에도 불구하고, 피고인들이 이 사건을 부인하는 것은 정말로 피고인들이 위증하지 않았기 때문입니다. 조상필은 운전하지 않았음에도 불구하고 그가 운전했다고 증언하는 것이 바로 위증입니다. 부디 선량한 시민들인 남명재, 손희재

그리고 아울러 조상필의 억울함을 잘 살펴 주시기를 간곡히 부탁드립니다. 가사 유죄임을 면할 수 없는 지경이라도, 이 사건 음주 운전자가 누구인지 석연치 않은 면이 많고, 이 사건 위증으로 인해 타 사건이 왜곡된 바가 없으므로 피고인들이 실형만을 면할 수 있도록 해 주시기 바랍니다."

피고인 명재가 일어서서 최후진술을 했다.
"모두 저 때문에 일어난 일입니다. 죄송합니다."

희재는 아무 말도 하지 못하고 자리에 서 있을 뿐이었다.
선고기일이 20여 일 뒤인 11월 30일 오후 2시로 정해졌다.

모두 알고 있었다.
유죄가 선고될 것을.....
비록 차량이 멈춰 선 장소가 음주단속 지점으로부터 80m가 아닌 120m 이상 되는 지점이라고 확인되었다 하더라도 그 이상 무엇하나 제대로 선행사건(先行事件)인 상필 사건에서보다 유리하게 변경된 것이 없었다.

드디어 선고기일이었다.
"2009고단0000호 피고인 남명재, 손희재에 대한 위증 피고 사건에 대하여 판결을 선고합니다."

　　위 조상필 사건들에 대한 증거기록 외, 신석현, 조상필의 증언, 대전지방법원 2008고단0000호 사건에서 피고인들(남명재, 손희재를 말하는 것임)과 신석현, 오창원에 대한 각 증인신문조서 사본, 대전지방법원 2008노0000호 사건의 남명재와 신석현에 대한 각 증인신문조서 및 판결문 사본 등 증거들에 의하면 피고인들은 유죄임을 면할 수 없습니다.

　　따라서 피고인 남명재에 대하여 징역 8월의 실형을, 피고인 손희재에 대하여는 징역 6월에 집행유예 2년, 사회봉사명령 120시간을 선고합니다.

　　만일 이 판결에 불복이 있으면 1주일 이내에 이 법원에 항소장을 제출하면 됩니다.

판사가 간략하게 판결요지(判決要旨)만 설명했다.

명재는 법정구속이 되면서 교도관에게 이끌려 법정 옆방으로 들어갔다.

끌려 들어가면서 법정에서 벌떡 일어선 채 바들바들 떨고 있는 듯한 동재를 바라보는 명재의 시선이 오히려 애처로웠다.

상필은 법정을 나서는 동재를 뒤따라가면서 말했다.
"회장님! 억울합니다. 어떻게 이럴 수가 있나요? 저도 다시 위증죄로 처벌받아야 한다니 너무 억울합니다."

희재는 구속을 면했다는 안도감이 들었지만, 속내를 드러낼 수 없어 숨죽이고 조용히 뒤따랐다.
고개를 숙인 채 법원을 나서는 동재의 마음이 갈기갈기 찢어졌다.
봉사단체들을 이끌면서 대통령상까지 수차례 받은 그이고, 사업체를 여러 개 운영하면서 산전수전(山戰水戰) 다 겪어본 그였지만, 도대체가 무슨 일인지 가늠하기조차 어려웠다.

'이들이 그렇게 억울해하는데, 이대로 수긍하고 당해야만 하나?'

한 변호사도 이제 더 이상은 어렵다면서 항소심을 포기했다.
동재는 노모와 조카들에게는 명재를 다시 동남아시아로 출장 보냈다고 말할 수밖에 없었다.

6. Re 재판 II
- 야간 현장검증

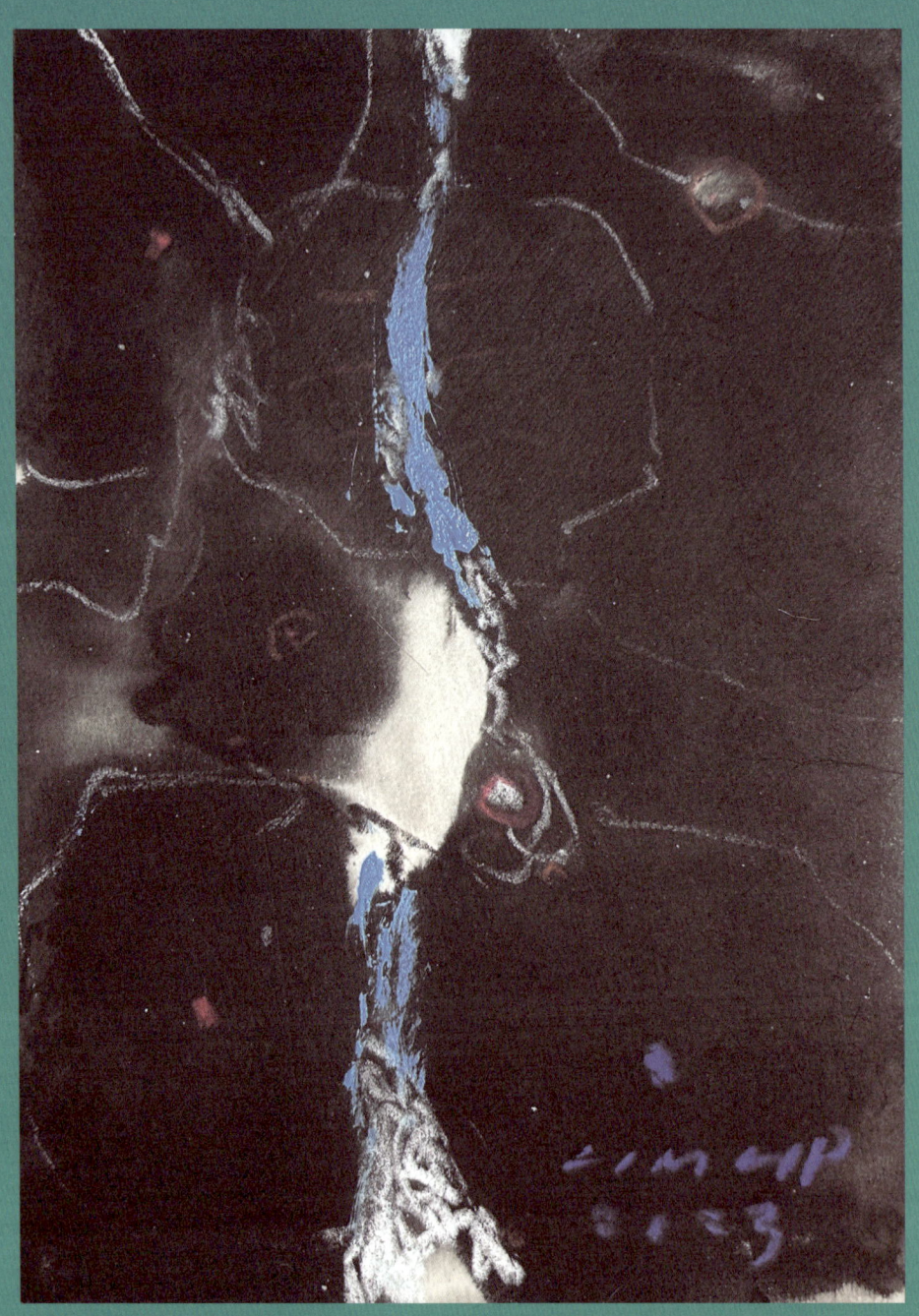

"바늘귀로 들어가려는 낙타"

"형! 나도 이제 다 알았어. 어쩔 수가 없다는걸! 어차피 내 잘못으로 일어난 일이니 뒤바꿀 수가 없어. 그냥 앞으로 남은 기간 잘 버텨볼게. 미안해. 엄마와 애들만 잘 챙겨줘!"

명재는 면회를 온 동재와 처에게 항소를 포기하겠다고 우겼다.

"이놈아! 정신 차려! 넌 사실대로 말했잖아!"

동재는 포기할 수가 없었다.

그리고 또다시 상필이 위증죄로 입건되어 조사받을 수도 있어서 포기할 상황도 아니었다.

남편이 자세히 말해주지 않아 무슨 사연인지 상세히 파악한 바도 없는 명재의 처는 그저 눈물이 그렁그렁한 눈으로 명재를 바라볼 뿐이었다.

명재는 그나마 앞으로 3개월 정도만 버티면 만기(晩期)여서 다행일 수도 있다고 생각하며 억지로 미소를 지었다.

동재는 변호인을 통해 항소장을 일단 접수했다.

희재에게도 항소장을 내도록 설득했다.

동재가 명재를 설득한 것은 일주일이 넘도록 교도소를 다니고 나서였다. "명재야! 내가 어떻게든 변호사를 통해 이겨 볼게! 너는 음주운전한 잘못은 있지만, 위증하지는 않았잖아! 그리고 다시 위증죄로 처벌받게 될 상필이도 생각해야지."

마지 못한 명재가 항소에 동의하면서 자포자기한 듯 말했다.

"내가 항소를 진행하는 것은 나 때문이 아니고, 상필이하고 희재 때문이야! 그러니까 최선을 다해줘!"

동재는 자원봉사 단체에서 자신을 도와 부회장을 맡은 양진규 변호사를 만나 그간의 사정 이야기를 하면서 상의했다.

그런데 양 변호사의 이야기도 마찬가지였다.

이미 대법원에서 확정된 형사판결을 뒤집기 위해서는 그것을 우월(優越)하는 의심의 여지가 없는 새로운 증거를 들이대야 하는데 목격자들의 진술만으로는 사건을 뒤집기는 어렵다는 것이었다.

결국 이제까지 나타난 증거들만으로는 사건을 뒤집을 방법이 없다는 것이고, 항소심에서 새로운 증거방법을 찾아야 한다는 것인데, 뾰족한 방법은 없어 보인다는 것이었다.

"내 동생이 조금 어둔하고 순진한 사람인데, 거짓말을 할 사람이 아니라는 걸 잘 아시지 않습니까? 무슨 방법이라도 있는지 잘 살펴 봐 주세요!"

동재의 통 사정에, 양 변호사는 마지못해 대답했다.

"기록이라도 한 번 살펴보겠습니다. 가져다줘 보세요."

양 변호사는 다음 날 동재가 한 변호사 사무실로부터 받은 기록을 건네받아 며칠 동안 살펴보더니, 동재를 불렀다.

"항소이유서 제출 기한이 며칠 남지 않았어요. 우선 항소이유서를 제출할게요. 모두 그간 주장한 내용들을 종합한 것인데, 이것만으로는 항소심에서 무죄를 받아내기는 어렵습니다. 그간 진술하였던 내용들을 넘어서는 무언가 확실한 새로운 증거를 찾아내야 해요. 옆방 민 변호사도 함께 검토하도록 해보겠습니다."

양 변호사는 급한 대로 항소이유서를 제출하겠다면서 한 번 읽어 봐달라고 동재에게 사본 한 부를 건네주고, 교도소를 찾아가 명재를 만나 읽어보라고 건네주었다.

평소 명재는 형 동재가 이끄는 자원봉사 단체 활동에 참여하면서 그곳에서 양 변호사를 여러 차례 본 적은 있었지만, 교도소에서 이런 처지로 만나게 될 줄은 꿈에도 몰랐다.

사실 동재와 명재는 같은 배에서 나온 형제지만 성격은 좀 달랐다.

동재는 엄청나게 외향적이고 활달한 성격이라서 어떤 단체에서든지 중요한 역할을 맡았다.

그런데 명재는 언제나 말없이 뒤에서 도와주면서 희생하는 성격이었다.

양 변호사는 그런 명재의 성격을 잘 알기에 혹 이 사건에서 어떤 희생을 자처하는 것이 아닌지를 물어보고 싶었다.

"변호사님! 상필이는 운전하지 않았습니다. 최선을 다해주시면 됩니다. 저는 여한이 없습니다."

건네준 항소이유서를 읽어보지도 않은 채 돌려주면서 명재가 양 변호사에게 한 말이었다.

"여한이 없다니요? 억울하지 않나요?"

양 변호사가 의아한 시선으로 명재를 바라보면서 물어보았다.

"상필이는 운전 안 했습니다. 그런데 어쩌겠습니까? 상필이가 운전한 것으로 대법원에서 확정돼 버렸으니…… 모두 저 때문에 일어난 일이니 달게 받겠습니다."

의외로 담담한 명재가 양 변호사로서는 더욱 의아하게 느껴질 뿐이었다.

"혹시, 다른 사연이 있는 것 아닌가요?"

명재는 묻고 있는 양 변호사가 너무 야속했다.

"변호사님! 저는 이제는 돌아갈 길이 없습니다. 형기가 얼마 남지 않았으니 걱정하지 마십시오. 상필이를 잘 부탁합니다."

너무나 진솔한 명재의 태도에 양 변호사는 더 이상 의심할 여지가 없었다.

어떻게든 명재의 억울함을 밝혀야 하고 위증죄로 다시 입건될 상필도 생각해야 했다.

양 변호사는 그간의 주장을 정리하는 수준에서 우선 항소이유서를 제출했다.

……

■ 항소이유의 요지

원심은 피고인에게 유죄를 인정하여 징역 8월의 실형을 선고하였으나, 위와 같은 원심판결은 1) 사실(事實)을 오인(誤認)하여 판결 결과에 영향을 미친 위법이 있고, 2) 그렇지 않더라도 원심의 양형(量刑)은 과중(過重)하여 부당합니다.

■ 항소이유 제1점 (사실오인의 점)

1. 이 사건 원심판결의 범죄사실의 요지

『피고인은

가. 2008. 11. 24. 17:00경 대전 서구 둔산동 소재 대전지방법원 232호 법정에서, 위 법원 대전지방법원 2008고단0000호 피고인 조상필에 대한 도로교통법 위반(음주운전) 등 사건의 증인으로 출석하여 선서하였다.

피고인은 위 사건을 심리 중인 위 법원 형사3 단독 판사 000 앞에서 검사의 "2008. 2. 6. 22:05경 대전 중구 중촌동 소재 삼육주유소 앞 도로에서 06수0000호 그랜저 승용차를 운전한 것이 증인이 맞는가요."라는 질문에 "예, 그렇습니다."라고 증언하였지만, 사실은 그 당시 위 조상필이 위 그랜저 승용차를 운전하였다.

이로써 피고인은 자신의 기억에 반하는 허위의 진술을 하여 위증하였다.

나. 2009. 4. 30. 15:30경 대전 서구 둔산동 소재 대전지방법원 230호 법정에서, 위 법원 대전지방법원 2008노0000호 피고인 조상필에 대한 도로교통법 위반(음주운전) 등 사건의 증인으로 출석하여 선서하였다.

피고인은 위 사건을 심리 중인 위 법원 재판장 판사 000 앞에서 검사의 "2008. 2. 6. 22:05경 대전 중구 중촌동 소재 삼육주유소 앞 도로에서 06수0000호 그랜저 승용차를 운전한 적이 있나요."라는 질문에 "예."라고 증언하였지만, 사실은 그 당시 위 조상필이 위 그랜저 승용차를 운전하였다.

이로써 피고인은 자신의 기억에 반하는 허위의 진술을 하여 위증하였다.』

라는 것입니다.

2. 피고인의 변소 요지

이 사건에 대한 피고인의 변소요지는,

『피고인은 2008. 2. 6. 22:05경 대전 중구 은행동에 있는 대한증권 주차장에서부터 대전 중구 중촌동에 있는 삼육주유소 앞 하상도로에 이르기까지 피고인 소유인 60수0000호 그랜저 승용차를 운전하였습니다. 즉, 피고인은 조상필이 위 일시 경 음주운전을 하였다는 이유로 기소되어 재판받는 과정에서 증인으로 출석하여, 조상필이 아니라 피고인이 운전하였다고 사실대로 증언한 것이지, 위증은 하지 않았다』

라는 것입니다.

3. 증거관계 검토

가. 조상필에 대한 선행사건(先行事件)의 판결들

(1) 조상필에 대한 대전지방법원 2008고단0000호 판결

　피고인 조상필에 대한 대전지방법원 2008고단0000호 판결은 『피고인이 위 승용차를 운전하였다는 점에 부합하는 증거로는 증인 신석현, 오창원의 각 법정 진술과 경찰서에서 한 각 진술이 있으나, 기록으로 인정되는 다음과 같은 사정들, 즉 ① 단속 경찰관인 신석현과 오창원이 음주단속을 할 당시에는 야간으로 어두웠고, 갓길에 정차한 위 승용차와는 약 80미터 정도 떨어진 위치에서 보았기 때문에 위 승용차에서 내리는 사람들의 얼굴은 확인하지 못한 채 형체만을 볼 수 있었던 것으로 보이는 점, ② 피고인을 체포한 오창원은 이 법정에서 그 당시 어두워서 자세히는 못 보고 다만 여자 한 명과 남자 한 명이 차에서 내려서 도망가는 것을 보고 따라가 피고인을 잡았으나 철길 때문에 도망가는 남자를 약 3초 정도 놓쳤다가 철길 위로 도망가고 있는 피고인을 다시 발견하여 붙잡게 되었다고 진술하고 있어 도망가는 남자를 놓친 3초 정도의 사이에 오창원이 쫓던 남자가 남명재에서 피고인으로 바뀌었을 가능성도 있어 보이는 점, ③ 피고인은 수사기관 이래 이 법정에 이르기까지 일관되게 위 승용차의 소유자인 남명재가 운전하였다고 진술하고 있고, 남명재, 손희재의 진술도 이에 부합하는 점, ④ 수사 기록 제 126쪽의 통화내역

확인 보고에 의하면 이 사건 당시 피고인, 남명재, 손희재의 이동 경로가 오정동에서 중촌동(손희재, 남명재의 이동 경로는 은행동, 오정동, 중촌동으로 일치)으로 대체로 일치하는 등 피고인, 남명재, 손희재의 진술과 부합하는 것으로 보이는 점, ⑤ 피고인은 지금까지 음주운전과 무면허운전 및 교통사고 처리 특례법 위반으로 처벌받은 전력은 있으나 모두 오토바이를 운전하다가 단속된 것으로 자동차를 운전하다가 단속된 적은 없는 것으로 보이는 점 등에 비추어 보면, 신석현, 오창원의 각 진술만으로는 피고인이 위 승용차를 운전하였다고 단정하기 어렵고, 나머지 검사가 제출한 증거들만으로는 이를 인정하기에 부족하며, 달리 이를 인정할 만한 증거가 없다.』

라고 판단하여, 조상필에 대하여 무죄를 선고하였습니다.

(2) 조상필에 대한 대전지방법원 2008노0000호 판결

피고인 조상필에 대한 대전지방법원 2008고단0000호 판결의 항소심인 대전지방법원 2008노0000호 판결은

『원심 및 당심이 적법하게 채택·조사한 증거들을 종합하면, ① 2008. 2. 6. 21:00부터 21:30경까지 대전 중구 중촌동 소재 삼육주유소 앞 하상도로에서 경찰관 3명 및 의경 8명이 음주운전 단속을 한 사실, ② 그런데 같은 날 22:05경 단속 경찰관인 신석현은 단속 현장으로부터 약 80미터 전방에 은행동 방향으로부터 둔산동 방향

으로 즉, 단속장소로 진행하여 오던 06수0000호 그랜저 승용차가 진행 방향 도로 좌측 부분의 갓길로 이동하여 정차하는 것을 보고 음주단속을 회피하는 차량으로 의심하여 곧바로 당시 단속업무를 보조하던 의경 오창원에게 쫓아가 확인해보라고 지시한 사실, ③ 그 지시에 따라 오창원은 도로 우측 갓길 부분으로 정차해 있던 위 차량을 계속 응시하면서 30~40미터가량을 쫓아 내려갔는데, 마침 위 차량의 전조등이 꺼지면서 운전석에서 남자 한 명이, 조수석 쪽에서 여자 한 명(손희재)이 내렸고, 운전석에서 내린 뚱뚱한 체격의 남자가 달려서 도주하자 오창원은 도로를 가로질러 그 남자를 계속 추격하게 되었던 사실(조수석 쪽에서 내린 손희재는 걸어서 하상도로 위쪽으로 올라갔다), ④ 그러던 중 호남철교 아래쪽으로 교각 옆을 지나 위쪽 천변 도로로 완만한 'ㄴ'형으로 꺾여있는 부분에서 그 남자와 오창원의 추격 거리가 약간 벌어져 있고 도로 구조가 꺾여있는 상태이어서 오창원은 잠시 그 남자의 모습을 놓쳤다가 그 남자의 도주로 방향으로 따라가면서 약 3초 후에 곧바로 그 남자를 발견하고 계속 추적하여 중촌동 주택가 골목 입구 부분에서 그 남자의 도주를 저지하고 그를 상대로 음주 사실을 확인한 후 혈중알콜농도를 측정한 결과 0.091%가 나왔는데, 바로 그 사람이 피고인이었던 사실(당시 추격상황, 도로구조, 피추격자가 시야에서 사라진 시간 등에 비추어 오창원이 피추격자를 놓친 약 3초 동안 피추격자가 다른 사람, 그것도 남명재가 피고인으로 바뀌었을 가능성이 전혀 없어 보인다)이 인정되고, 여기에다가 ⑤ 계속 위 차량의 동태를 주시하면서 피고인을 추적한 신석현과 오창원은 이 사건 차량에서 내린 사람은 조수석 쪽에서 여자 한 명, 운전석에서 남자 한 명뿐이라고 일관하여 진술하고 있고, ⑥ 신석현은 운전석에서 내린 남자는 검은색 점퍼를 입은 뚱뚱한 남자가 분명하다고 일관하여 진술하고 있으며, ⑦ 신석현과 오창원이 허위 진술할 만한 아무런 동기도 찾을 수 없는 점, ⑧ 당시 남명재는 회색 니트 상의와 검은색 바지를 입고 있었고, 피고인은 검은색 계통의 점퍼를 입고 있었던 점, ⑨ 남명재(키 174cm, 몸무게 63kg)는 피고인(키 171cm, 몸무게 80kg)보다 키가 크고 호리호리한 체형이어서 검거자인 오창원이 남명재와 피고인을 혼동할 가능성이 없어 보이는 점, ⑩ 피고인이 단속된 후 자신은 음주운전을 하지 않았고 남명재가 운전하였다고 하면서 남명재에게 통화를 하였으나 남명재는 단속 현장에 오지 않고 그대로 자기의 집으로 간 점, ⑪ 남명재는 "검문을 하니 자리를 피하자고 말을 하고 차에서 저와 상필(피고인)이 내려 뛰어가는데 손희재가 보이지 않아 다시 차로 돌아가 차 문을 열어주고 차를 옹벽 쪽으로 붙여 주차하고 다시 뛰어갔습니다."라고 진술하고 있으나 이러한 사실은 당시의 급박한 상황 및 80미터 전방(오창원과 신석현은 80미터 정도라면 뛰어서 10초 내외로 도달할 수 있는 거리라고 진술하고 있다)에서 음주단속이 이루어지고 있는 것을 알았던 사람의 행동으로는 보기 어려워 상식적으로 납득 가지 않고, 손희재 역시 남명재가 이 사건 승용차로 나시 오기는 했으나 차를 옮기기 위해 운전하지는 않았다고 진술하고 있어 그 진술의 신빙성에 의심이 가는 점, ⑫ 남명재와 손희재는 피고인이 제일 빨리 도망갔고, 그 뒤를 남명재가, 그 뒤를 손희재가 따라 도망하였다고 진술하나 상황이 그러했다면 단속 경찰관이 남명재를 검거하기가 더 쉬웠을 것으로 보이는데 오창원은 피고인만을 쫓아가 검거했던 점, ⑬ 만약 남명재가 운전했다면 피고인이 도망할 뚜렷한 이유가 없어 보이는 점 등까지 보태어 보면, 당시 이 사건 차량의 운전자는 피고인이 분명해 보이고, 이와 반대의 사실을 전제로 하여 피고인에게 무죄를 선고한 원심에는 사실오인의 위법이 있으므로…』

라고 판시하여, 조상필에 대하여 유죄를 인정하면서 실형 6월을 선고하였습니다.

(3) 조상필에 대한 대법원 2009도7532호 판결

조상필에 대한 상고심 대법원 2009도0000호 사건은 상고 기각되어, 조상필은 유죄 확정되었습니다.

(4) 소결

조상필에 대한 위 선행판결들은 같은 사실관계를 두고 검찰 측 증인인 신석현과 오창원의 진술을 신빙하느냐, 피고인 측 증인인 남명재와 손희재의 진술을 신빙하느냐에 따라 1심과 2심, 상고심의 결론이 달라지고 있습니다.

형사재판에 있어서 이와 관련된 다른 형사사건 등의 확정판결에서 인정된 사실은 특별한 사정이 없는 한 유력한 증거자료가 되는 것이나, 당해 형사재판에서 제출된 다른 증거 내용에 비추어 관련 형사사건의 확정판결에서의 사실 판단을 그대로 채용하기 어렵다고 인정될 경우, 이를 배척할 수 있다고 할 것인바(대법원 2000. 2. 25. 선고 99다55472 판결, 대법원 2002. 10. 25. 선고 2002도3328 판결 등 참조),

뒤에서 살피는 바와 같이 위 선행판결에서 유죄의 자료로 인정된 증거들은 이 사건 원심에서 제출되었거나, 당심에서 앞으로 제출될 자료들에 비추어 살피면 전혀 신빙할 수 없는 내용들입니다.

나. 이 사건 원심판결

이 사건 원심은, 위 조상필 사건들에 대한 증거기록 외, 신석현, 조상필, 오창원의 각 증언을 듣고, 현장검증 및 현장에서 오창원, 신석현, 조상필에 대한 증인신문 등의 절차를 거쳐, 다시 이 사건 유죄의 증거로 증인 신석현, 오창원의 법정 진술, 대전지방법원 2008고단0000호 사건의 피고인들(남명제, 손희제를 말히는 것임)과 신석현, 오창원에 대한 각 증인신문조서 사본, 대전지방법원 2008노0000호 사건의 피고인 남명재와 신석현, 오창원에 대한 증인신문조서 및 판결문 사본 등을 제시하면서, 피고인 남명재에 대하여 유죄를 인정하였습니다.

다. 검토

이하, 이 사건 피고인들(남명재, 손희재), 조상필, 단속 경찰관 신석현, 오창원의 각 진술 및 증언의 신빙성을 살펴봅니다.

(1) 피고인, 손희재, 조상필의 각 진술 및 증언

→ 위 3인은 조상필에 대한 위 형사사건 및 이 사건에서 일관하여, "이 사건 차량의 운전자는 남명재다"라고 말하고 있습니다.

즉, 피고인은 조상필이 단속되었을 당시 경찰관과 통화를 한 사실이 있었는데 그 당시에도 자신이 운전하였다고 말하였고, 조상필 사건에서 항소심 법정, 그리고 이 사건 원심법정에 이르기까지 자신이 이 사건 승용차를 운전하였다고 일관되게 진술하고 있습니다.

한편, 이 사건 당시 승용차에 함께 탑승한 손희재도 경찰 이래 조상필 사건의 1심 법정, 그리고 이 사건 원심법정에 이르기까지 일관되게 당시 승용차를 운전한 사람은 남명재라고 진술하고 있습니다.

남명재와 손희재의 위와 같은 진술이나 태도는 조상필과의 평소 친분이나 의리 때문이라고 단순히 설명될 수 없는 일입니다. 즉, 그것은 진실로 운전자가 조상필이 아니기 때문에 나오는 행동입니다.

특히, 조상필은 이 사건 음주 측정 직후 음주 운전자 적발 보고서에 날인을 거부하면서 자신은 운전하지 않았다고 주장하였고, 주취 운전자 정황 진술 보고서의 운전자 의견 진술란에 "저는 운전한 사실이 없습니다"라고 기재하여 자신이 운전자가 아님을 변소 하였던 사실에 주목할 필요가 있습니다.

또한, 조상필이 음주단속 현장에서 음주 운전자가 차량 소유주인 남명재임을 주장하면서, 그곳에서 사라져 버린 남명재에게 전화를 걸어 현장으로 오라고 말하였음은 주목할 대목이 아닐 수 없습니다. 나아가, 조상필은 대법원에서 상고 기각되어 형이 확정된 이후에도 이 사건 원심법정에 증인으로 나와 "자신은 운전자가 아니고 남명재가 운전자다"라고 증언하고 있는데, 형까지 확정된 범죄인이 위와 같이 그 반대 증언을 하는 것은 극히 이례적인 일입니다.

단속 경찰관들의 진술대로, 이 사건 차량에서 내린 사람이 조상필, 손희재 2명이고, 소상필이 운진자였다면, 현장에서 검거된 지후 자신이 운전자가 아니고 현장에 없던 차량 소유주 남명재가 운전자라고 주장할 수는 없을 것입니다. 조상필이 실제로 이 사건 차량의 운전자라면, 그 자리에서 깨끗하게 운전 사실을 인정하고 말일이지, 그 자리에 아예 없었거나 도주하여 사라져 버린 남명재에게 죄를 뒤집어씌울 수는 없는 상황이었습니다.

차량까지 빌려 간 조상필이 음주운전 단속당한 상태에서 무슨 염치로 차량 소유주인 남명재에게 음주운전을 뒤집어씌울 수 있다는 말인가요? 그것도 동승자인 손희재가 현장에서 사라졌지만, 추후 환문하게 되면 바로 사실이 드러날 일인데, 그렇게 거짓 주장을 할 수 있는 것인가요? 그렇게 거짓말을 한다면, 추후 남명재가 납득할 거라고 생각을 하나요?

심리생리검사 분석 결과 조상필의 진술에 신빙성이 없는 것으로 판명되기는 하였으나, 당시 조상필은 억울한 심정에 계속 음주를 한 상태로 수사를 받았기에 그것이 위 결과에 영향을 미친 것이 아닌가 합니다. 한편, 위 분석 결과에 의하면 남명재의 진술에는 별다른 특이점이 발견되지 아니하였습니다.

다만, 피고인이 다시 돌아와 차를 갓길로 더 붙여 댄 사실에 대하여, 손희재의 진술과 다르다는 점은 있으나, 이것은 당시 급박한 상황에서 손희재가 주취 상태로 잘못 기억한 일일 수도 있는 것이고, 손희재의 진술도 피고인이 되돌아와 문을 열고 자신을 데리고 다시 도망을 갔다는 것이어서, 전체적으로 피고인과 손희재의 진술이 일치하므로, 그 진술의 신빙성을 함부로 배척해서는 아니 되는 일입니다.

→ 위 3인은 운전자를 바꿔치기할 아무런 동기나 실익이 없습니다.

조상필은 1983. 자동차운전면허를 취득하였으나, 자동차운전면허만 따놓고 운전을 못 하다가 1990년대 초반에 직장 동료가 폐차 직전의 포니Ⅰ 승용차를 주면서 운전 연습을 하라고 하여 이를 받아 운전 연습을 하다가 사고를 야기하고 바로 폐차를 한 이후 자동차 운전을 전혀 하지 않을 뿐만 아니라, 자동차를 소유한 적도 없었기에, 자동차를 운전할 능력이 되지 않는다고 합니다.

조상필이 2004.과 2005.에 3차례 도로교통법 위반 등으로 벌금형 처분을 받은 것은 모두 50cc 오토바이를 운전하다가 처벌받은 것입니다.

한편, 조상필의 처는 2003년 처음으로 차량을 샀고, 당시 조상필이 운전할 가능성도 있어 가족한정 운전 특약을 하였는데, 조상필이 운전을 전혀 하지 않아 그다음 해부터는 기명피보험자 한정 특약으로 보험을 변경한 이래 현재까지 보험을 유지하고 있는데, 이것은 조상필이 평소 자동차 운전을 하지 않았다는 사실을 잘 설명해주는 대목입니다.

반면, 피고인은 1998년 도로교통법 위반죄로 벌금 30만 원, 2004년 같은 죄로 벌금 200만 원의 처분을 받은 바는 있으나, 이 사건 차량 소유자이자 적법한 운전면허 소지자로 직업상 차량의 운전이 필수적인 사람입니다.

사정이 그렇다면, 음주운전을 더 숨기고 싶은 당사자는 조상필이 아니고, 피고인입니다. 즉, 조상필은 음주운전 사실을 숨길 동기나 실익이 없으나, 피고인은 운전면허를 유지하고자 음주운전 사실을 조상필에게 전가할 동기나 실익이 있었을 것입니다.

그러나, 이 사건에서 사정은 반대가 되었습니다.

현장에서 검거된 조상필은 자신은 운전자가 아니고 남명재가 운전하였다고 주장하고, 남명재나 손희재 역시 그와 같은 주장을 하고 있습니다.

이것만 보아도 이 사건 차량의 운전자는 남명재임을 반추(反芻)할 수 있는 것이 아닌지요?

단속 경찰관의 주장대로라면, 피고인은 조상필에게 차량을 주고, 이 사건 차량에는 음주단속 당시 조상필과 손희재 만이 탑승하였다는 것입니다.

그런데, 차량도 빌려주고 운전도 하지 않은 피고인이 조상필을 위하여 자신이 운전하였다고 거짓말로 희생을 자청할 수 있는 것인지요?

그것을 피고인이 납득하여 조상필을 위하여 음주운전을 하였다고 거짓말을 할 수 있는 것인지요?

나아가, 조상필이 진실로 차량까지 빌려 음주운전을 하고, 그 음주운전을 별다른 이유 없이 차량 소유주에게 뒤집어씌우려는 수작이 가능한 일인지요?

그것이 상식에 부합되는 일인지 되묻고 싶습니다.

결론적으로, 이 사건과 반대로 피고인이 운전한 것을 숨기고 조상필이 운전한 것으로 바꿔치기할 동기나 실익은 있어 보이지만, 조상필이 손희재를 태우고 음주 운전한 사실을 그 자리에도 없던 피고인이 운전한 것으로 바꿔치기할 가능성은 전무(全無) 합니다.

→ 피고인, 손희재, 조상필의 통화내역 확인 보고는 이들 3인의

진술이 사실임을 잘 설명하여 줍니다.

 피고인, 조상필, 손희재의 사건 당일 통화내역을 확인해 본 바에 의하면, 그 당시 ① 조상필은 용문동 ➔ 오정동 ➔ 중촌동, ② 피고인은 은행동 ➔ 오정동 ➔ 중촌동, ③ 손희재는 은행동 ➔ 오정동 ➔ 중촌동으로 각 이동한 것으로 되어 있습니다.

 이것은 이 사건 당시 은행동 방면에서 중촌동 음주단속 현장을 거쳐 둔산동 쪽을 이동 중이었다는 위 3인의 주장이 사실임을 잘 말하여 주고 있는 것입니다.

 그렇다면, 음주단속 현장에서 사라진 피고인은 어디에 있었을까요?

 당시, 동작이 빠른 피고인은 음주로 면허가 취소될 것을 우려하여 먼저 앞서 도주한 조상필을 제치고 재빨리 인근 으슥한 곳으로 숨어 들어 갔다가 손희재와 통화를 하고는 다시 평화원 장례식장으로 나와 손희재와 함께 태연히 현장을 떠나간 것입니다.

 조상필은 경찰에 붙잡혀 음주 측정을 당하고, 경찰서까지 가 남명재에게 자신이 붙잡힌 사실을 말하고 그곳으로 와달라고 부탁까지 하였습니다.

만일, 조상필이 운전했다가 붙잡힌 것이라면, 나머지 동승자들인 남명재, 손희재는 조상필이 걱정되어서라도 다시 현장으로 가거나 당일 경찰서로 갔어야 하는 것이 상식입니다.

그러나, 남명재는 그곳으로 가지 않았고, 이점은 운전자가 남명재이었음을 극명하게 보여주는 사정입니다.

당시, 남명재는 그러한 사정을 아는 지인과 상의하였는데, 그러자 그 지인이 다음에 경찰에 출석하여도 된다고 조언을 해주어 당일 경찰서로 가지 않은 것이라 합니다.

남명재는 음주 상태였기 때문에 처벌도 두려웠고, 어차피 내일 가나 지금 가나 마찬가지이기 때문에 경찰서로 가지 않았다가 이후 경찰에 연락하여 조사받게 된 것입니다.

사정이 그러한데도 불구하고, 단속 경찰관들은 현장에서 2명만을 본 것으로 진술 및 증언하였습니다.

이 사건 차량에 2명만이 탑승하였다면 피고인이 빛의 속도로 달려 자신의 승용차를 뒤따라왔거나 다른 차를 타고 상필과 희재의 동선을 뒤따라왔다는 것이어서 납득하기 어렵습니다.

그렇다면 단속 경찰관들의 진술을 어떻게 이해해야 할까요?

이들 단속 경찰관들이 악의적인 허위 진술을 만들어 낸 것은 아닐 것입니다. 다만, 그들은 다음에서 살피는 바와 같이, 당시의 현장 상황에서 착오로 잘못 보았을 가능성이 있다는 것입니다.

(2) 신석현, 오창원 진술의 신빙성 여부

→ 이 사건 당시 현장 상황은 정차한 이 사건 차량에서 누가 내렸는지 식별이 어려운 상태였습니다.

우선, 신석현과 오창원은 단속 경찰관이고, 특별히 허위 진술을 할 동기나 이유가 없다는 점에서 일견(一見) 신빙성이 있다 할 것입니다.

또한 위 두 사람의 진술이 "남자 1명, 여자 1명이 도주하였다"라는 점에서 일치하고 있습니다.

특히, 단속 경찰관 신석현은 "자신이 단속한 지점과 이 사건 승용차의 정차 지점까지의 거리가 80미터 정도이고 운전석에서 내린 남자가 검은 파카를 입고 있었고 뚱뚱하였기 때문에 조상필이 틀림없으며, 통행하는 차량이 많아 그 불빛으로 인해 밝아서 위와 같이 조상필의 착의상태까지 확인할 수 있었다"라는 취지로 진술해 왔던바, 그 진술이 조상필에 대한 선행사건 및 이 사건에서 유력한 증거가 되

없습니다.

그러나, 2010. 9. 7. 15:00 실시된 이 사건 원심의 현장검증 결과에 의하면 신석현이 음주단속을 위해 서 있던 지점과 이 사건 차량이 정차한 지점과의 거리는 신석현의 진술과 달리 훨씬 먼 거리(피고인 주장 170미터, 단속 경찰관 주장 120미터)입니다.

게다가, 이 사건 당시는 야간이었고, 음주단속으로 인해 차량 들이 전조 등을 켠 상태에서 밀려 있었기 때문에, 신석현 경사가 이 사건 차량에서 내리는 사람의 옷 색깔, 성별, 체구까지 알아보았다는 것은 불가능한 일입니다.

즉, 그와 같은 상당한 거리 이격 및 통행 차량의 전조등 불빛 등으로 인한 시야 장애로 단속 지점에서 이 사건 승용차에서 내리는 사람의 남녀 성별 구별, 뚱뚱함 여부, 착의상태 등을 전혀 확인할 수가 없습니다.

그런데도, 조상필에 대한 위 2008노0000호 판결은 "비슷한 시간대에 현장검증을 해달라"는 조상필 변호인의 간곡한 요청을 받아들이지 않고, 음주운전 단속 지점과 이 사건 승용차의 성자 시섬 사이의 거리가 최대 80m라는 잘못된 사실인정 하에 판결을 선고하였습니다.

본 변호인은 최근 같은 시간대에 이 사건 현장에 나가 살펴본 사실이 있었는데, 그 이격거리가 80m라 하여도 차량에서 내리는 사람의 성별이나 체구, 옷 색깔 등을 식별하기 어려웠습니다.

또한, 신석현의 위치에서는 시야가 좋고 가로등이 설치되어 있어 주변이 어느 정도 밝은 것은 사실이나 진행해 오는 차량 들의 불빛으로 인해(신석현은 많은 차량이 통행하고 있어 차량 불빛으로 인해 환했기 때문에 잘 볼 수 있었다는 취지로 진술하나, 차량 불빛이 오히려 시야 장애를 일으키는 위치임) 자동차에서 내리는 사람의 착의상태나 남녀의 성 구별, 뚱뚱한지 등을 전혀 구분할 수가 없었고, 승용차에서 사람이 내린다는 윤곽을 알아볼 수 있을 정도였으며, 오창원의 위치에서는 통행하는 차량 들의 불빛이 정면으로 비추어지기 때문에 시야가 완전히 방해되어 차량에서 사람이 내리는지도 확인할 수 없는 상황이었습니다.

또한, 신석현은 10명의 의경 및 경찰을 데리고 팀장 위치에서 음주단속을 총괄하고 있었고, 하상도로와 그 위 뚝방길을 번갈아 체크하고 있었으므로 전방만을 계속 주시할 수도 없었을 것입니다.

신석현은 "당시 의경 10명을 데리고 직원들과 같이 아래위로 나누어서 음주단속을 하고 있었기 때문에 안전사고에 신경을 쓰느라 그 차를 계속 주시하고 있을 수만은 없었다"라고 증언하면서도 정작 피고인 등이 차에서 내리는 모습은 모두 코앞에서 본 것처럼 진술함으로써, 그것 자체로 모순되는 진술을 하였습니다.

결국, 조상필에 대한 형사판결은 신석현과 오창원이 이 사건 차량 운전석에서 내려 도망간 사람을 정확히 식별할 수 있을 만한 거리에서 목격한 것이 아님에도, 가장 기본적인 기초 사실에 관하여 잘못된 전제를 가지고 현장검증도 실시하지 않은 상태에서 섣불리 내린 잘못된 결론이라고 아니할 수 없습니다.

→ 한편, 신석현과 오창원의 진술은 서로 객관적 상황에 대하여 불일치하고 있는 점에 많은데, 이것은 그들의 진술이 신빙성이 없음을 잘 보여주는 대목입니다.

신석현은 조상필에 대한 항소심 공판에서 "거리상으로는 70~80m 되는데, 차에서 내렸던 남자, 여자가 얘기를 나누는지 합류해 있다가 의경이 중간쯤 뛰어가는 것을 보았는지 남자가 그때부터 도망가기 시작하였습니다. 그 도망가는 남자를 의경이 쫓아가는 상황이었습니다"라고 증언하였습니다.

그러나, 오창원은 조상필에 대한 1심 공판에서 "사람이 내리는 것부터 보았고, 신석현이 쫓아가라고 해서 쫓아갔습니다", "사람이 내리자마자 바로 도망가는 것을 보고 저도 뛰어서 쫓아갔습니다"라고 증언함으로써, 당시 정황에 대하여 신석현과 진술이 일치되지 않았습니다.

한편, 오창원은 "그때는 차량이 별로 없었다"라고 하지만 반면에 신석현은 "구정 전날이어서 통행 차량이 많았다"라고 진술하는 등, 당시의 객관적인 상황에 대해서도 두 사람의 진술이 일치되지 않습니다.

또한, 오창원은 경찰에 제출한 자술서에는 '검은색 승용차가 길옆에 세우는 것을 보고'라고 진술했음에도, 법정에서는 '자동차 정지 모습은 보지 못하고 운전자가 내리는 것만 보았다'라고 진술을 번복하는 등 일관성이 없습니다.

→ 나아가, 조상필을 검거한 오창원, 신석현의 진술에 의하더라도, 운전자가 확실하지 않습니다.

오창원은 도망가는 남자를 쫓던 중 약 5초 또는 약 3초가량 시야에서 놓쳤던 사실이 있음을 진술하고 있습니다.

피고인과 조상필이 도망가던 방향은 철길 근처 언덕으로, 언덕 아래에서는 언덕 위에 있는 사람이 보이지 않습니다.

오창원이 시야를 놓친 사이 피고인과 조상필이 바뀌었을 가능성이 매우 많다는 것입니다.

오창원은 검찰에서 피고인과 대질조사를 하면서는 "운전석에서 내려 도망가는 남자를 지목하여 뒤쫓던 중 약 5초가량 시야에서 놓쳤다가 다시 발견하여 검거하였는데 그 남자가 운전석에서 내려 도망간 남자라는 점에 대해 100% 확실하게 뭐라고 말 못하겠고....."라고 진술했던바, 이것은 오창원 역시 운전자가 조상필이라는 사실을 확신하지 못하고 있음을 잘 설명해주는 예입니다.

한편, 오창원은 도망가는 남자를 계속 쫓아가는 상황이었으므로 그 남자를 가장 가까이에서 보았을 것임에도, '피고인을 놓쳤다가 다시 피고인을 보았을 때, 증인이 좀 전에 본 사람이라는 것을 어떻게 확인하였나요'라는 질문에 '어쨌든 저는 도망가는 사람을 잡았고, 신석현이 이분이 맞다고 확실히 얘기해주었습니다'라고 대답하여, 자신이 시야에서 놓쳤던 사람과 붙잡은 사람이 동일인이라는 점에 관하여 확신하지 못하는 듯한 태도를 보였습니다.

한년, 신석현 역시 음주 운전자를 잡으라고 오창원에게 지시한 이후 자신도 순찰차를 이용하여 운전자를 잡으러 갔다는 것인데, 그 사이에 운전자가 바뀔 가능성이 얼마든지 있습니다.

더욱이, 신석현이 조상필을 검거한 자리는 "150미터 정도 도망간 자리"였다는 것이므로, 도주한 사람이 바뀌었을 가능성이 충분해 보입니다.

(2) 신소결

형사재판에 있어 유죄의 인정은 법관으로 하여 합리적 의심을 할 여지가 없을 정도로 공소사실이 진실한 것이라는 확신이 들게 하는 증명력을 가진 증거에 의하여야 하므로 그와 같은 증거가 없다면 설령 피고인에게 유죄의 의심이 간다고 하더라도 피고인의 이익으로 판단할 수밖에 없습니다(대법원 1996. 3. 8. 선고 95도3081 판결 등 참조).

조상필이 운전자라는 사실에 부합하는 신석현과 오창원의 진술은 단속 현장 상황에 맞지 않고, 두 사람 상호 간의 진술이 일치하지 않을 뿐만 아니라, 신석현의 진술은 그 자체가 모순이 있고, 오창원의 진술도 일관성이 없어 이를 그대로 믿을 수는 없습니다.

단속 경찰관들은 운전자인 남명재가 도주하여 현장에 없었으므로, 검거한 조상필을 운전자라고 확신하고는 그에 맞추어 진술해 온 것이 아닌가 하는 강한 의구심이 듭니다.

반면, 이 사건 피고인들(남명재, 손희재)과 조상필의 진술은 사건 당시의 정황과 일치하고 그 진술들이 미미한 부분들을 제외하고는 모두 일관되어 신빙성이 높아 보입니다.

그렇지 않고 양측의 진술을 모두 믿는다고 하더라도 이를 뛰어넘는 합리적 의심의 여지가 없는 고도의 증명력을 가진 증거가 없고, 양측의 진술을 모두 믿지 아니한다면 더더욱 그렇습니다.

사정이 그러함에도 불구하고 원심판결은 증거의 가치판단을 그르친 나머지 단속 경찰관 신석현과 오창원의 진술을 전적으로 신뢰하여 피고인의 유죄를 인정하였던바, 이것은 논리와 경험칙에 위배 되고 자유심증주의의 한계를 벗어나 판결 결과에 영향을 미친 위법이 있다 할 것입니다.

■ **항소이유 제2점 (양형부당의 점)**

가사, 나타난 증거에 의하여 피고인이 유죄임을 면할 수 없을 지경이라도, 이 사건 원심의 양형은 다음과 같은 점에도 지극히 부당합니다.

이 사건 경위가 매우 석연치 않습니다.

즉, 단속 경찰관을 포함한 누구도 이 사건의 실체를 자신할 수 없습니다.

앞서 살펴본 바에 의하면, 이 사건에 대하여 유죄의 유일한 증거는 신석현과 오창원의 진술과 증언뿐입니다.

그런데, 그들은 단속 경찰관이라서 특별히 허위 진술할 가능성은 적어 보이지만, 현장 상황을 잘 살피지 못하여 착오를 일으킬 가능성은 언제든지 있는 것입니다.

한편, 이 사건은 단순 음주운전에서 빚어진 사건으로, 사고를 유발한 사건에서 책임소재를 묻는 것에 이용되거나 기타 사회적 파장을 불러일으킬 악의적 요소가 없습니다.

검사는 이 사건 위증으로 인해 조상필이 1심에서 무죄를 선고받았던 사실을 양형 가중사유로 들고 있으나, 조상필은 항소심, 상고심에서 다시 유죄 선고를 받아 확정되었습니다.

이 사건 위증이 타 사건 재판 결과에 영향을 미친 바도 없다는 것입니다.

나아가, 피고인은 별다른 전력이 없이 사업을 영위하면서 살아온 성실한 시민입니다.

이러한 사정을 비추어 보면, 원심의 실형 선고는 그 죄가에 비하여 과중하여 부당한 것입니다.

■ **결론**

조상필에 대한 형사사건의 확정으로, 행여 이 사건 사실관계는 바꿀 수 없는 것으로 단정할 수도 있습니다.

그러나, 운전자가 조상필이 아니고, 피고인이니 어찌하겠습니까?

만일, 중한 살인사건의 경우였다면 확실하지 않은 목격자의 증언만을 토대로 이와 같이 유죄를 선고할 수 있었을까요?

'의심스러울 때는 피고인의 이익으로' 그리고, '열 사람의 범인을 방면하는 한이 있더라도 한 사람의 억울한 사람을 만들어서는 아니 된다'라는 법언(法諺)을 생각해 봅니다.

피고인이 이 사건 원심에서 법정 구속된 이후 자신의 심정을 정리한 노트 한 권의 내용은 피고인의 주장이 진실에 부합됨을 웅변으로 말하고 있습니다.

피고인이 당시의 상황 및 현재의 심정을 담담하게 써본 위 노트 내용은 거짓말을 하는 사람의 펜에서 나올 수 없는 글입니다.

형사재판에서 범죄사실의 인정은 법관으로 하여 합리적인 의심을 할 여지가 없을 정도의 확신이 들게 하는 증명력을 가진 엄격한 증거에 의하여야 하므로, 검사의 입증이 위와 같은 확신이 들게 하는 정도에 충분히 이르지 못한 경우에는 비록 피고인의 주장이나 변명이 모순되거나 석연치 않은 면이 있는 등 유죄의 의심이 간다고 하더라도 피고인의 이익으로 판단하여야 한다는 것이 대법원의 확립된 견해입니다.

나아가 형사재판에 있어서 이와 관련된 다른 형사사건 등의 확정판결에서 인정된 사실은 특별한 사정이 없는 한 유력한 증거자료가 되는 것이나, 당해 형사재판에서 제출된 다른 증거 내용에 비추어 관련 형사사건의 확정판결에서의 사실 판단을 그대로 채용하기 어렵다고 인정될 경우는 이를 배척할 수 있다는 것이 대법원 판례입니다.

이상의 모든 사정과 대법원 판례들을 종합해 보면, 이 사건 공소사실은 범죄의 증명이 없는 때에 해당하므로 원심을 파기하시고 형사소송법 제325조 후단에 의하여 피고인에게 무죄를 선고하여 주시기 바랍니다.

만에 하나 피고인이 유죄임을 면할 수 없는 지경이라도, 앞서 살펴본 바와 같이 이 사건의 경위가 석연치 않은 점 등 여러 사정을 참작하여 피고인에 대하여 실형만은 면할 수 있도록 선처하여 주시기 바랍니다.

■ **항소심에서 입증하려는 상황**

이 사건 음주운전 단속 시간대는 2008. 2. 6. 22:05경이므로, 그 시간대에, 같은 장소에서 음주단속을 재연하여, 신석현, 오창원이 과연 그 시간대에 음주단속 장소에서 이 사건 차량에서 내리는 사람의 성별, 체구, 옷 색깔 등을 식별하는 것이 가능한 것인지 살펴보기 위해 현장검증 신청을 합니다.

……

그러나, 양 변호사는 이 사건 변론이 쉽지 않다는 것을 너무나 잘 알고 있었다.

이미 대법원에서 확정된 사실관계를 뒤바꾼다는 것은 법리상 불가능한 것은 아니지만, 그 사건에서의 판단을 완전하게 능가하는 새로운 증거가 있어야 한다.

마치 악마(惡魔)의 증명(證明)과도 같은 것이다.

또한, 대법원판결에서 확정된 사실과 정반대의 사실을 인정하는 것은 대법원판결을 부인하는 것과 같기에, 하급심 판사에게는 엄청난 부담이다.

게다가 확신에 찬 경찰관들의 진술과 증언이 있으니 더더욱 그렇다.

양 변호사는 동재에게 이런 점을 충분히 설명하면서, 민병철 변호사에게 기록을 넘겨주면서 도움을 요청했다.

사실 양 변호사와 민 변호사는 고등학교 동기이자 가장 친한 친구로 같은 법인 소속이기도 하다.

서로 어려운 사건이 있으면 같은 팀이 되어 함께 기록을 검토하고 재판을 진행하여 수많은 사건에서 승소하였다.

"쉽지 않은 사건이야! 목격자인 단속 경찰관 신석현, 오창원의 진술이 확고부동해! 비록 남명재, 손희재, 조상필의 진술들도 신빙성이 높아 보이지만 선행판결의 1심을 제외한 나머지 재판부가 모두 받아들이지 않았어! 그리고 이미 확정된 대법원판결을 하급심에서 깨기는 어려운 일이야! 그러나 남명재나 손희재, 조상필이 거짓말을 하는 것 같지는 않아. 그렇게 오랫동안 일관성 있게 거짓말을 할 수는 없지...... 어떻게 증명해야 할까 고민되네!"

양 변호사의 말을 들으면서, 민 변호사가 호기심이 생겼는지 기록을 바로 달라는 것이었다.

민 변호사는 어릴 적부터 수재였다.

고등학교를 졸업하기까지 전교 1등을 놓치지 않은 명석한 두뇌의 소유자였고, 우수한 학력고사 성적으로 서울대 법대에 합격했다.

그런데 대학에 들어가서는 고시 공부를 하지 않았고, 졸업해서는 취업의 길을 택했다.

남들을 무척 부럽게 만든 금융회사에 취업해서 잘 나가는 줄 알았는데, 갑자기 10년 이상을 다니던 직장을 때려치우더니 차 열쇠와 휴대전화를 양 변호사에게 맡겨놓고 입산수도(入山修道)한 지 1년 만에 사법시험에 합격했다.

사람들이 혀를 내두를 만했다.

40대 문턱에 변호사 개업을 해서는 그 날카로움에 많은 사건에서 승소했다.

더욱이 양 변호사가 민 변호사를 법인에 합류하도록 한 이후 둘은 많은 사건을 함께 했고 어려운 형사사건에서 쉽게 무죄를 받아내곤 했다.

두 사람은 팀이 되어 1심에서 중형을 선고받은 교통사고 뺑소니 사망 사건 항소심 무죄, 마찬가지로 1심에서 중형을 선고받은 사학재단 이사장 배임 등 사건 항소심 무죄, 토지거래허가제를 잠탈(潛脫)한 혐의로 기소된 아파트 시행사 대표 국토 거래법 위반 사건 상고심 파기환송 및 무죄 등 당시 굵직한 사건들에서 연이이 무죄를 받아냈다.

그런데 양 변호사는 민 변호사보다 10년을 먼저 개업해서 수천 건의 대형 사건들을 직접 수행하였기에 그 노련함은 민 변호사보다 한 수 위였다.

양 변호사는 그 무렵 뇌물수수로 구속기소 된 지방자치단체장 사건에서 무죄를 받아내고, 국회의원이나 지방자치단체장, 농협 조합장 등 선출직 선거법 위반 등 사건들에서도 다수 무죄를 끌어내는 등 그 분야에서는 최고의 전문가라는 소문이었다.

그런데 동재가 생각하기에 너무나 단순한 이 사건에 대하여 양 변호사는 쉽지 않은 사건이라고 말했다.

동재로서는 도저히 이해할 수 없는 노릇이었다.

'너무나 사실관계가 분명한 일을 법정에서 밝히는 것이 이리도 어렵다니! 법이 신실과 정의의 편이 아니라면 우리가 지금껏 추구해온 진실과 정의는 무엇으로 평가받아야 하는 것인가? 법이 진실과 정의 위에 있는 것인가?'

동재는 고구마를 먹다 걸린 것처럼 명치 끝이 저려 왔다.

"양 변호사님! 아무리 어려워도 꼭 이겨주세요. 이런 말도 안 되는 일을 우리가 어떻게 묵과할 수 있겠습니까?"

동생 명재의 무죄를 확신하고 있는 동재는 양 변호사가 최후의 보루(堡壘)처럼 느껴졌다.

동재는 양 변호사가 어떻게든 열의를 갖고 이 사건을 해결해주기를 고대하고 있었다.

"알겠습니다. 회장님! 최선을 다해보겠습니다."

오랫동안 동재와 함께 봉사단체 활동을 함께 해온 양 변호사로서는 무척 부담되는 사건이었지만, 친구 민 변호사가 있어 든든했다.

양 변호사는 과거 대법원에서 파기환송을 시켰던 형사사건에서 원용한 판결이라면서 민 변호사에게 건네주었다.

'형사재판에 있어서 이와 관련된 다른 형사사건 등의 확정판결에서 인정된 사실은 특별 사정이 없는 한 유력한 증거자료가 되는 것이나, 당해 형사재판에서 제출된 다른 증거 내용에 비추어 관련 형사사건의 확정판결에서의 사실 판단을 그대로 채용하기 어렵다고 인정될 경우는 이를 배척할 수 있다고 할 것이다(대법원 2000. 2. 25. 선고 99다55472 판결, 대법원 2002. 10. 25. 선고 2002도3328 판결).'

"법리상 가능하지만 지난 4번의 재판에서 확인된 사실관계를 다시 바꾼다는 것은 낙타가 바늘구멍으로 들어가는 것만큼이나 어려운 일일 것 같네. 확실한 증거를 찾아내야 할 텐데! 한번 아이디어를 찾아볼게!"

사실 이런 사건은 민 변호사의 구미를 당기는 사건이었다.

항상 뭔가 창의적인 일 그리고 난관을 뚫는 일에 관심이 많은 민 변호사는 양 변호사가 하는 걱정을 이해하면서 사건에 관여하기 시작했다.

이미 여러 번 재판으로 인해 2,000쪽이 훨씬 넘는 방대한 기록이 되었으니 상세히 읽어보기는 쉽지 않았을 것이다.

기록을 검토한 민 변호사가 양 변호사에게 던진 화두는 석현과 창원 진술의 신빙성 문제였다.

……

1. 신석현 진술의 신빙성

신석현은 조상필에 대한 형사사건 이래 줄곧 "가로등이 촘촘히 있었고 계속 진행하는 「차량의 불빛 때문에」 차에서 내리는지를 명확히 확인할 수 있었고, 분명히 검은색 파카 옷을 입은 뚱뚱한 남자가 운전석에서 내렸다."라는 취지로 진술하고 그와 같은 취지로 증언해 왔다.

그런데, 야간에 현장에 나가 직접 똑같은 상황을 재연해보니, 신석현이 서 있던 자리에서 남명재 차량이 멈춰선 자리(최소 120m~최대 170m)를 아무리 살펴보아도 정확히 분간되지 않는다.

신석현이 있던 자리에서 찍은 사진 (붉은 선 안이 이 사건 차량이 있던 자리)

피고인들과 조상필의 도주로 (우측 옹벽으로 인해 좌측의 하천변길과 우측의 뚝방길 사이의 갓길로만 도주 가능)

더욱이, 차량에서 여러 사람을 번갈아 내려보도록 하고 누군가를 식별하도록 해보았는데, 단지 승용차에서 사람이 내렸다는 정도만 확인할 수 있었을 뿐 차량에서 내린 사람들의 인상착의를 전혀 식별할 수 없다.

이 사건 당시처럼 차량이 줄지어 오는 상황에서는 차량 들의 전조등 불빛 때문에라도 더 분간할 수 없다.

"당시 남명재는 회색 니트 상의와 검은색 바지를 입고 있었고, 조상필은 검은색 계통의 옷을 입고 있었으며, 남명재(키 174cm, 몸무게 63kg)는 피고인(키 171cm, 몸무게 80kg)보다 키가 크고 호리호리한 체형이어서 경찰관이 이들을 혼동할 가능성이 없었다."라는 조상필에 대한 항소심 판결이 얼마나 무리한 전세에 신 깃인지 질 일 수 있는 대목이다.

2. 오창원 진술의 신빙성 검토

오창원은 "운전석에서 내려 도망을 가는 남자를 지목하여 뒤쫓아 갔는데 중간지점이 약간 굽은 관계로 약 5초가량 시야에서 놓쳤다가 다시 발견하고 검거하였다.", "처음 승용차와 자신과의 거리가 100미터 정도 떨어져 있었고, 자신이 100미터 정도 쫓아가다가 약 3초간 시야를 놓쳤다."라고 진술하였다.

그런데,

① 의경 오창원은 신석현이 있던 맨홀 바로 옆 하상도로에 처음 있었고,

② 피고인 남명재 운전의 승용차는 오창원이 있던 곳에서 170m 떨어진 곳에 정차하였고, 그 지점에서 '호남철도 밑 부분까지의 거리'는 약 70m이어서 오창원이 있던 지점에서 '호남철도 밑 부분'까지의 총거리는 약 240m이며(신석현 등은 이 사건 승용차가 음주단속 지점에서 120m 떨어진 곳에 정차되었다고 주장하나, 전방에서 음주단속하고 있는 것을 본 피고인 남명재가 바보가 아닌 이상 음주단속 지점을 향하여 더 승용차를 진행 시킨 다음 정차할 이유는 전혀 없다),

③ 피고인 남명재 도주로를 따라 뛰다가 호남철도 밑 부분을 지나게 되면, 도로가 "ㄴ"자로 꺾였고 또한 도로가 뚝방쪽으로 오르막이 형성되었기 때문에 추격자의 입장으로는 도주자에 대한 시야를 놓칠

수밖에 없고,

④ 이러한 상황에서 피고인 남명재가 승용차에서 내려 도주로를 따라 도주하여 호남철도 밑 지점에 이르렀을 때, 오창원의 걸음이 아주 빠르다고 하더라도 오창원은 호남철도 밑 지점에서 약 140m 떨어진 곳에 도착하였고, 그때부터 피고인 남명재에 대한 시야를 놓쳤을 것이며(오창원은 법정에서 '약 100미터 정도 쫓아가다가 시야를 놓쳤다.'라고 진술한 바 있다.),

⑤ 오창원은 도주자에 대한 시야를 놓친 지점에서 약 140m를 더 달리면 호남철도 밑 지점에 도착할 수 있으나, 그 지점 역시 도로가 오르막이어서 이미 뚝방길로 접어든 도주자를 오창원이 볼 수 없고, 오창원이 뚝방길로 올라서야 도주자를 다시 볼 수 있는 점 등을 보면, 오창원의 3~5초간 도주자에 대한 시야를 놓쳤다는 말은 전혀 믿을 수 없는 내용이다.

그렇다면 오창원은 피고인 남명재(경찰 주장은 조상필)보다 120m 떨어져서 남명재를 추적한 것이 되므로, 동복에 각종 장비를 착용한 오창원이 승용차가 정차된 지점까지 가는데 약 16~20초가 소요될 것이고, 그때면 남명재 역시 이미 '철길 밑의 구부러진 도로'에 거의 도착했을 것이다.

오창원이 승용차 정차 지점에서 '철길 밑의 구부러진 도로'에 이르기까지 약 16~20초가 또 소요될 것이고, 그 시간이면 남명재는 이미 '철길 밑의 구부러진 도로'의 시작 지점을 벗어났을 것이므로, 남명재의 걸음걸이 속도가 오창원보다 늦다고 하더라도, 최소한 오창원은 15초 이상 남명재를 시야에서 놓쳤을 것으로 보인다.

15초 이상은 오창원의 시야가 남명재에서 조상필로 바뀔 충분한 시간이 되는 것이고, 결국 3~5초간 시야를 놓쳤다는 오창원의 진술은 자신의 주관적 판단에 근거한 것으로 전혀 객관적이지 못한 것이다.

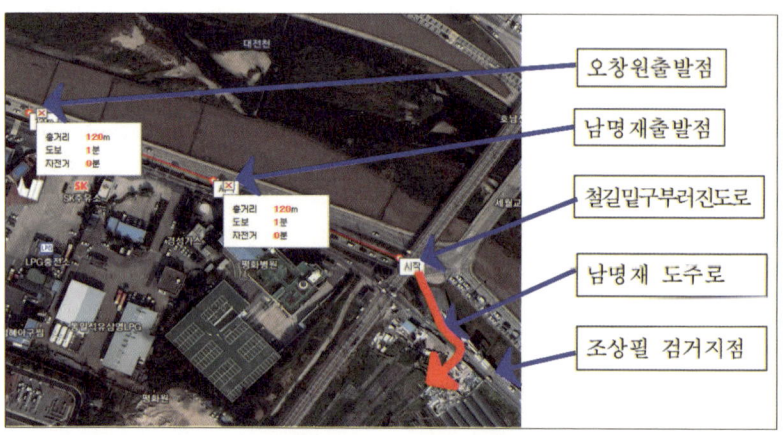

피고인들과 조상필의 도주로 (우측 옹벽으로 인해 좌측의 하천변길과 우측의 뚝방길 사이의 갓길로만 도주 가능)

조상필이 '철길 밑 교각 뒤'에서 명재와 희재를 기다리는 모습(피고인들의 주장), 여기부터 도로가 뚝방길로 구부러져 올라감

……

함부로 큰소리를 치지 않은 성격의 민 변호사가 이번에는 오히려 적극적으로 나섰다.

"신석현, 오창원의 진술은 착오이거나, 독선이야! 그리고 서로 모순이 있어. 조상필이 운전자라는 증거는 없어!"

논리적이고 과학적인 민 변호사의 분석에 양 변호사는 무릎을 치면서 동의했다.

"그렇다면 이 사건의 해결의 키는 무엇인가?"

"이 사건 유죄 판결의 전가(傳家)의 보도(寶刀)가 되어 버린 신석현과 오창원 진술의 신빙성을 깨기 위해서는 어떤 방법이 있을까?"

"이 사건 음주단속 시간대에 차량이 꼬리를 물고 줄지어 오는 상태에서 현장검증을 다시 실시하고, 현장 도면이나 현장 지도 등을 통해 음주 측정 당시의 상황을 정확하게 재연하는 거지."

양 변호사와 민 변호사는 이 사건을 두고 매일 같이 상의를 이어갔다.

두 변호사는 이 사건은 야간시간대 현상검증을 하지 않으면 절대로 석현과 창원의 진술 신빙성을 깰 수 없고, 이 사건을 절대로 뒤집을 수 없다는 데 의견이 일치했다.

그런데 이 사건 1심에서 이미 주간에 현장검증을 실시한 바 있고, 야간대에 현장검증을 하는 것은 위험하고 가능하지도 않다는 의견이 있던 터라서, 야간에 현장검증을 하는 것은 분명 쉽지 않을 것이었다.

1월 25일 항소심 첫 공판기일이었다.

"존경하는 재판장님! 이 사건은 '음주단속 시간대인 야간에 음주단속 지점으로부터 피고인 등이 음주운전 단속을 피하려고 차를 주차한 장소까지 육안으로 차에서 내린 피고인 등을 식별할 수 있는지'가 핵심 쟁점입니다. 따라서 야간 현장검증을 통하여 진실을 밝혀질 수 있도록 해주시기 바랍니다. 아울러 사건 당일 피고인 남명재가 지인 문희명에게 전화를 걸어 조언을 구한 사실이 있는데, 그를 증인으로 불러 그와의 통화내용을 밝혀 사안의 실체를 밝히고 싶습니다."

문희명에 대하여는 쉽게 증인 신청을 채택해준 재판장이 야간시간대에 현장검증을 실시해달라는 양 변호사의 간곡한 요청에 대하여는 곤란한 표정이었다.

"이미 원심에서 현장검증을 실시하였고, 피고인 측이 이미 제출한 현장 사진 등으로 충분히 파악되는 내용인데, 굳이 야간에 현장검증을 해야 할 필요가 있는지 의문입니다."

재판장의 설명에 민 변호사가 나섰다.

"재판장님! 저희가 수차 야간시간대에 현장에 나가 사건을 재연해 보니, 도저히 차량에서 내린 사람을 분간하기 어려웠습니다. 남자가 내리는지, 여자가 내리는지, 뚱뚱한 사람이 내리는지, 깡마른 사람이 내리는지, 점퍼를 입은 사람이 내리는지, 니트를 입은 사람이 내리는지 분간이 어렵다는 것입니다. 그런데, 선행판결들은 신석현의 진술 즉, '뚱뚱한 편인 남자 한 명이 운전석에서 내리고, 여자 한 명이 조수석에서 내렸다는 것'을 믿어 이 사건 음주운전 차량의 운전자를 조상필이라고 판단하였습니다. 신석현의 진술이 신빙성이 있는 것인지 반드시 확인되어야 합니다. 피고인 측에서 마지막으로 신청하는 증거이니 채택하여 주시기를 간곡히 바랍니다."

잠시 휴정이었다.
아마도 재판장 혼자서 결정하기는 쉽지 않았나 보다.
잠시 후 속개된 법정에서 재판장이 선언했다.
"3월 10일 오후 3시 30분, 피고인 즉 승인 문희녕에 대하여 증인신문 후 야간 현장검증을 실시할 것인지 결정하겠습니다."

민 변호사는 석현과 창원의 진술 신빙성을 확인하기 위한 현장검증의 필요성을 다시 한번 강조하는 의견서를 작성하여 재판부에 제출했다.

의견서를 제출하면서 민 변호사는 한마디 내뱉었다.

"판사가 이걸 받아주지 않는다면 판사 자격이 없는 거지! 자신의 역할을 포기하는 거고 진실을 알고 싶지 않다는 거야!"

"너무 기대하지는 마! 재판장은 이미 확정된 대법원판결에서 확인된 사실을 뒤집는 시도를 허락하기는 힘들 거야! 하지만 우리는 최선을 다할 뿐이지!"

양 변호사가 부정적인 답변을 하자 갑자기 민 변호사가 뜬금없는 질문을 했다.

"그런데, 차에서 마지막 내린 사람이 누구지?"

"희재! …… 그건 왜 묻는 거야?"

양 변호사가 대답과 동시에 질문을 하자 민 변호사가 양 변호사에게 다시 묻는다.

"아무리 급해도 명재가 차에서 내릴 때 차들이 이동 중인 차선에 그대로 정차해두고 도망갈 수 있을까?"

"왜? 그걸 왜 묻는데!"

양 변호사가 또다시 묻자 민 변호사는 고개를 갸웃하더니 행정사건 재판하러 법정에 들어갈 시간이라면서 대답도 없이 급히 사무실을 나섰다.

3월 10일 오후 3시 30분, 희명에 대한 증인신문기일이다. 희명이 증언대에 섰다.

먼저 민 변호사가 희명에게 물었다.

변호사 증인은 직업이 경찰관인가요?
문희명 네!

변호사 남명재와 어떤 관계인가요?
문희명 모임을 같이하는 친구 사이입니다.

변호사 2008년 2월 6일 밤 10시가 넘어서 남명재의 전화를 받았나요?
문희명 네!

변호사 명재는 당시 음주운전을 하였다가 차를 세워두고 도망쳤다면서 증인에게 조언을 구했나요?
문희명 명절 전날 고향 친구들을 만나 술을 많이 먹고 있는 자리에서 전화를 받아서 잘 기억나시 않는데 그런 것 같기도 합니다.

| 변호사 | 그래서 증인은 어떻게 조언했나요? |
| 문희명 | 자수하라고 했던 것 같습니다. |

| 변호사 | 그때 "일단 도망쳤으니 오늘은 그냥 도망치고, 다음 날 가서 자수하라"라고 하지 않았나요? |
| 문희명 | 아닙니다. 자수하라고만 했습니다. |

희명은 기억하지 못하는 건지 기억하고 싶지 않은 건지 거짓말을 하고 있었다.

분명히 그때는 "지금 가면 음주 측정해야 하고 단속당하니 일단 그냥 도망쳤다가 다음 날 자수해라"라고 조언한 친구가 경찰관 희명이었다.

가끔 친구들과의 술자리에서도 현직 경찰관의 다양한 경험과 법 지식을 살려 혈중알콜농도 낮추는 법, 음주단속 빠져나가는 방법 등을 술안주로 삼던 희명이었다.

하지만, 명재는 법정에서 저렇게 대답해야만 하는 희명의 처지를 이해했다.

사실 희명은 그 사건 이후에 명재를 만나면 자신을 거론하지 말아 달라고 여러 차례 부탁했었다.

아무리 친구 사이지만 경찰관이 그와 같은 상황에서 명재에게 도망치라고 조언했다면 그것은 분명 형사처벌을 받거나 징계처분을 받을 일이었다.

명재로서도 그것은 원치 않는 일이었다.

검사가 희명에게 물었다.

검사	통화기록을 보면 증인과 피고인 남명재가 4분 이상 통화를 한 사실이 있는 것으로 드러나는데, 4분간 무슨 대화를 나누었나요?
문희명	음주단속에 걸려 도망쳤는데 어떻게 하냐고 물어와 경찰관 입장에서 자수하라고 권고한 것뿐입니다.
검사	피고인은 증인이 "일단 오늘은 그대로 도망치고, 다음 날 자수하라"라고 했다고 주장하는데, 맞나요?
문희명	도망치라고는 하지 않았고, 자수하라고 한 것입니다.
검사	증인은 피고인과 자주 만나는 사이인가요?
문희명	가끔 만납니다.
검사	요즘 만나서 나눈 대화 내용이 무엇인가요?
문희명	별다른 것은 없고, 조상필이 운전하지 않았고 자신이

운전했던 것이라고 말하는 것을 들었고, 그것 때문에 재판받는다는 이야기를 들었습니다.

검사   누가 운전한 것인지 증인은 아나요?
문희명   제가 현장에 없었기 때문에 알 수는 없지만, 조상필과 남명재는 모두 명재가 운전했다고 합니다.

판사가 희명에게 보충신문을 한다.
판사   증인 혹 징계처분을 받을까 봐 당일 피고인과 나눈 대화를 숨기는 것이 아닌가요?
문희명   아닙니다.

판사   자수하라고 한 것은 당일 자수하라고 한 것인가요?
문희명   당일 술자리에서 전화를 받았기에 상세히 말하지 못하고 그냥 자수하라고 권유한 것으로 기억합니다.

증인신문이 끝났다.
두 변호사가 재판장을 향해 긴장한 눈으로 바라보고 있었다.
야간 현장검증을 안 하면, 이 사건은 여기가 끝이었다.
절대 사안을 뒤집을 수 없었다.

"변호인이 제출한 의견서 살펴보았습니다. 재판부로서도 궁금한 내용입니다. 야간 현장검증 신청을 받아들입니다."

판사가 변호인의 야간 현장검증 신청을 채택했다.

명재는 덤덤한데, 두 변호사는 안도의 숨을 내쉬고 있었다.

"다만 이 사건 음주단속 시간대인 밤 10시 5분경에 실시하는 것은 실무적으로 어려운 일이므로, 3월 28일 오후 7시에 현장에서 공판외 기일을 진행하겠습니다. 현장에서 증인 신석현, 오창원, 조상필 등에 대하여도 증인신문을 진행하겠습니다. 이의 없으시지요?"

판사의 의견에 검사도 변호인도 이의가 있을 수 없었다.

검사도 이번에는 확실하게 석현과 창원의 진술 신빙성을 명확히 하여 더 이상 귀찮고 지루하게 끌어온 재판에 대하여 종지부를 찍을 생각이었다.

그리고 실형을 선고받아 만기출소하고도 아직도 반성하지 않고 위증을 일삼고 있는 상필을 소환하여 위증으로 입건하여 다시 처벌할 생각이었다.

3월 28일 오후 7시, 아직 초봄이라서 그런지 주변이 캄캄했다.

현장에 도착하니 쌍방향으로 많은 차들이 오가고 있었다.

특히 하상도로에는 퇴근 시간대 차량이 가득했다.

경찰이 현장을 통제하고 있었고, 판사 3인, 실무관, 참여관 등 법원에서 5~6명, 공판 검사와 수사관 등 검찰에서 3~4명, 변호사 2명, 증인 3명, 현장 통제 경찰 10여 명 등이 뒤섞여, 작년 9월 7일 오후 3시 공판외기일 때보다 야간이어서 그런지 현장이 더 혼란스러웠다.

명재가 호송차에 실려 수갑을 차고 포박당한 모습으로 현장에 도착했다.

모르는 사람들은 저 사람이 살인이라도 저지른 것인가 의문이 들 정도의 모습이었다.

위증 사건 피고인이 수갑을 차고 포박을 당한 채 현장검증을 실시한다는 것은 일반인들은 보도듣도 못한 일이었다.

차량 들이 늘어서서 무슨 일인지 궁금하여 문을 열고 내다 보고 있었다.

수갑과 포승줄에 포박당한 채 현장에 있는 명재가 안쓰러운지 동재는 자꾸 명재에게 다가가 괜찮냐고 물었다.

명재는 체념한 모습으로 현장을 바라보고만 있었다.

판사가 관련 당사자들을 모두 호명(呼名)한 후 현장검증이 시작되었다.

먼저 석현에게 음주 측정 당시 서 있던 장소를 물으니 '뚝방길 위쪽 맨홀뚜껑 위'라고 답했다.

피고인 차량이 멈춘 장소를 확인하니, 석현은 '음주단속 장소에서 가장 가까운 갓길이 끝나는 부분'으로 지적하고, 명재, 희재, 상필은 '음주단속 장소에서 멀리 떨어진 갓길이 시작되는 부분'이라고 말했다.

이때 민 변호사가 나서서 '신석현이 지적하는 장소라고 하더라도 음주단속 장소에서 약 120m 정도 떨어진 지점이고, 피고인 등이 말하는 장소는 음주단속 장소에서 약 170m 정도 떨어진 지점'이라고 주장했다.

검사는 기록을 살피더니 '정확하지는 않다'라고 말했다.

판사는 일단 갓길이 끝나는 부분인 120m 떨어진 지점에 승용차를 세워보라고 말했다.

두 변호사는 미리 상필에게 사건 당시 입은 검은색 파카를 입도록 하고, 대역(代役)으로 데려온 명재와 체격이 같은 사람에게는 당일 명재가 입은 회색 니트를 입도록 하고 멈춘 승용차에 옆에서 기다리도록 했다.

먼저 양 변호사가 전화로 상필에게 운전석에 앉도록 한 후, 잠시 후 내리도록 지시했다.

"보이나요? 지금 누가 내리는지?"
양 변호사가 묻자 검사도 신 경사도 대답하지 못했다.
판사가 혼자 말로 말했다.
"전혀 보이지 않네!"
판사가 신 경사를 향해 물었다.
"지금 내린 사람이 누구인지 보이나요?"
이번에도 대답하지 못했다.

민 변호사가 거들었다.
"지금 내리는 사람이 조상필입니다. 내리고 있는 사람의 형체도 잘 보이지 않습니다. 더욱이 검정 점퍼를 입었는지, 뚱뚱한 사람인지를 전혀 알 수가 없습니다."

다시 양 변호사가 전화로 명재의 대역에게 운전석에 앉도록 한 후, 잠시 후 내리도록 지시했다.

누군가 차 주변을 오가는 것이 어른거릴 뿐 전혀 분간할 수 없었다. 더구나, 차량 들의 전조등 불빛은 식별을 전혀 불가능하게 했다.

"전혀 보이지 않네요?"

두 변호사가 자꾸 다그치자 검사의 표정이 변하면서 신 경사만 바라보고 있고, 신 경사는 승용차가 멈춰선 방향을 향해 눈을 치켜뜨고 이상하다는 듯이 바라보기만 했다.

민 변호사가 이어갔다.

"재판장님, 방금 확인했듯이 음주단속 장소에서 가장 가까운 부분인 120m 지점에서 보아도, 누가 내리는지 전혀 분간할 수 없습니다. 더욱이 피고인 등이 차량을 정차한 곳은 120m보다 훨씬 먼 170m 지점일 가능성이 있으므로, 신석현의 진술은 전혀 신빙성이 없습니다. 현장검증 조서에 남겨 주시기 바랍니다."

민 변호사가 요청하자, 판사는 참여관에게 현장에서 변호인이 주장하는 내용을 기록하도록 명했다.

"지금이 화창한 날씨이니 사건 당시보다 시야가 좋은 조건이라고 보아야 하고, 당시는 음주단속 중이라서 차량이 줄지어 기다리고 있었기에 더 많은 차량 전조등 불빛으로 인해 승용차에서 누가 내렸는지 분간이 더 어려웠을 것입니다."

양 변호사가 거들자 검사가 신 경사에게 뭐라고 상의하더니 한마디 덧붙였다.

"차량이 갓길에 멈추는 장면은 보이고, 내리는 사람이 몇 명인지는 어느 정도 분간이 갑니다. 분명 당시 차량에서 내린 사람은 두 명이었고, 도망간 한 사람은 여자이고, 나머지는 붙잡힌 조상필입니다."

민 변호사가 전화로 차량 쪽에 가 있던 희재에게 조수석, 조수석 뒷자리, 운전석, 운전석 뒷자리에 번갈아 앉았다가 내려보라고 지시했다.

희재가 네 군데 앉아 있다가 내렸는데, 차량 들의 전조등 불빛으로 인해 시야가 어른거릴 뿐 남자인지, 여자인지 전혀 분간할 수 없었다.

상필과 희재에게 도망친 도주로 방향에 따라 걸어가도록 한 후 다시 살펴보았지만, 둘인지, 셋인지, 남자인지, 여자인지 분간도 어려웠다.

한편 석현이 차를 타고 쫓아간 동선을 따라 걸어서 이동하여 보지만 뚝방길 가에 설치된 벽과 호남선 철길에 가로막혀 누가 도망치는 것인지 전혀 보이지 않았다.

민 변호사가 나섰다.

"신석현은 차를 타고 달아나는 두 명을 보면서 추격하였다고 진술하였으나, 이것은 방금 살펴본 바와 같이 거짓입니다. 서서 보아도 보이지 않는데, 차를 타고 추격하면서는 더 보이지 않습니다. 신석현은 차량을 몰고 조상필에게 거의 접근할 무렵, 즉 뚝방길을 넘어서 골목길로 들어가려는 조상필을 처음 보았을 것입니다. 남명재는 이미 뚝방길을 넘어서 도망친 것이고, 오창원과 신석현은 남명재를 뒤따라 도망치던 조상필을 붙잡으면서 그를 운전자라고 특정한 것입니다."

......

현장검증이 끝났다.

분명히 확인된 것은 잘 보이지 않는다는 것이고, 음주단속 장소와 승용차 간 거리는 적어도 120m에서 170m 정도 된다는 것이었다.

무언가 객관적 상황이 달라졌다.

선행사건들에서 금과옥조(金科玉條)로 여기던 석현과 창원의 진술이 엉터리임이 확인된 것이었다.

"회장님! 지금 현장검증에서 상당히 의미 있는 내용을 확인했어요. 재판부가 상당히 납득하는 표성이었고, 검사와 신식헌이 딩횡하는 기색이 역력했어요."

현장검증 후 동재와 함께 저녁 식사를 하는 자리에서 민 변호사가 상당히 고무된 표정이었다.

"현장검증 조서에 우리가 주장하는 내용이 정확하게 기재되었는지, 그리고 그 조서 내용을 통하여 우리의 주장을 충분히 납득시킬 수 있는지를 명확히 확인해봐야 할 것 같네요."
양 변호사는 아직도 불안한 모양이었다.

"이렇게까지 확인되었는데, 설마 그래도 신석현의 말을 믿고 그대로 유죄를 인정할까요?"
동재가 반색을 보이며 대꾸했다.

"오늘 현장검증을 통해 '차량에서 내리는 사람이 누구인지 전혀 분간할 수 없다'라는 점은 어느 정도 확인된 것 같아요. 그렇다면 법원은 과연 운전자가 누구인지를 어떻게 확정할까요? 현장에서 도망가다 잡힌 사람을 운전자라고 판단하는 것이 가장 쉬운 방법이겠지요. 현장에서 전혀 보이지 않던 사람을 운전자라고 판단하는 것은 쉽지 않을 겁니다. 더구나 대법원판결이 확정된 터라서……"
양 변호사의 걱정은 계속 이어졌다.

"오늘 현장검증을 통해 단속 경찰관들의 진술은 신빙성이 없다는 점이 드러났지요. 그들의 진술만을 토대로 조상필의 유죄를 인정한 선행판결과 남명재, 손희재의 유죄를 인정한 이 사건 원심은 증거채택에 오류가 있다는 점이 드러난 것입니다. 그리고 친구인 경찰관 문희명에게 전화하여 조언을 구한 점 역시 명재가 운전한 점을 잘 설명하는 부분이지요. 자신이 운전자가 아니라면 경찰관인 친구에게 전화를 걸어 그런 조언을 구할 리가 없는 거 아니겠습니까?"

민 변호사가 걱정을 덜어주었다.

며칠 뒤 법원은 피고인의 변호인들이 미리 신청해둔 보석을 허가했다. 주거지를 벗어나서는 안 되고, 보석보증금 1,000만 원을 예치해두는 조건이었다.

명재는 무덤덤한 마음으로 보석으로 석방되는 날 목욕재계(沐浴齋戒)하고 노모를 찾아갔다.

"어머니! 동남아 출장 갔다 돌아왔어요? 아픈 데 없으시지요?"

"무슨 출장을 자주 가고, 전화 한 통화 없었냐? 그러다 엄마가 죽어도 모르겠다!"

약한 치매를 앓고 있는 노모는 항상 막내아들 걱정이었다.

"어머니! 걱정하지 마세요, 이제 출장 갈 일 없으니!"

그날 동재의 봉명동 도시농장에서는 노모와 동새, 명재 양쪽 가족들이 모여 삼겹살파티를 열었다.

명재의 딸은 사정을 아는지 모르는지 마냥 동재에 대한 투정뿐이었다.

"우리 아빠 너무 일만 시키지 마세요. 출장 같은 것은 젊은 사람 보내세요."

5월 26일 10시, 마지막 공판기일이다.
말쑥하게 차려입은 명재는 해탈 스님처럼 편안한 마음으로 법정에 들어섰다.

"이제 어떤 결과가 나와도 받아들이겠습니다. 수고하셨습니다. 변호사님!"

결과에 집착하지 않는 명재의 태도에 양 변호사가 웃으면서 가시 도친 한마디를 했다.

"다시 구속되어도 유감이 없다는 것인가요?"

"껄껄!"

웃음으로 대답하는 명재에게 동재가 핀잔을 주었다.

"이놈이 아직도 정신 못 차렸구먼!"

"검사 의견 진술하지요!"

판사의 명에 검사가 짧게 의견을 개진했다.

"이 사건은 현장에서 도주하다가 검거된 조상필 이야기입니다. 조상필이 운전하지 않았다면 현장에서 도망할 이유가 없습니다. 음주운전 현장에서 도망치다가 붙잡힌 조상필이 음주운전으로 형사처벌을 받았고, 그 판결이 대법원에서 확정되었습니다. 차량에서 내린 사람을 뒤쫓아가서 잡은 경찰관들이 조상필이 운전자라고 확신하고 있습니다. 따라서 피고인들의 증언은 위증이 분명합니다. 피고인들의 항소를 기각해 주시기 바랍니다."

양 변호사의 최후변론이 이어졌다.

……

과연 누가 운전하였을까? 본 변호인이 이 사건을 처음 접하고 피고인을 교도소에서 접견했을 때, "상필에 대한 형사판결이 대법원에서 확정되었으니 자백하고 선처를 구하는 것이 어떤가?"라고 권유를 해본 사실이 있습니다. 그러나, 피고인의 반응은 담담하고 단호했습니다. "상필은 운전하지 않았습니다. 대법원판결은 틀렸습니다. 진실이 아닌 것을 어떻게 거짓으로 인정하라는 것입니까?" 두 번째 접견했을 때도 그렇게 다시 권유했는데, 피고인의 반응은 전혀 흔들림이 없었습니다. 그래서, 나머지 두 명 즉, 조상필, 손희새를 사무실로 불러 진실이 무엇인가를 물었습니다. 나머지 두 명 역시 분명한 어조로

"상필이 운전하지 않았다"라고 말했습니다. 이들 선량한 3명의 시민이 오랜 시간 동안 수사 및 재판받는 과정에서 이렇게까지 주장하고 있는 이유가 무엇일까요? 그것은 조상필이 운전하지 않았고, 운전자는 남명재라는 것이 진실이기 때문입니다. 조상필에 대한 형사사건 항소심 판결은 단속 경찰관이 거짓말을 할 이유나 동기가 없다는 점 등 여러 가지 이유를 달아 유죄를 인정하였습니다. 그러나 이 사건 현장검증 시 확인된 바와 같이, 단속 지점에서 피고인 운전 차량의 정차 지점은 애초 단속 경찰관의 진술대로 80미터 지점보다 훨씬 떨어진 지점입니다. 단속 경찰관은 자신이 분명히 목격하였다는 것을 강조하기 위해 현장검증 시 좌측 갓길에서 단속 지점 가장 가까운 지점인 약 120미터 지점에 피고인들이 차량을 정차하였다고 증언합니다. 그러나 음주단속을 인지한 피고인이 차량을 갓길에 정차하는 터에 음주단속 지점에 근접한 지점인 120미터 지점까지 다가가 주차할 리는 만무한 일입니다. 즉 단속 경찰관의 주장은 상식에 반하는 내용으로 들립니다. 반면 갓길이 시작되는 지점인 약 170미터 지점에 정차하였다는 피고인들의 주장이 상식에 부합되는 일입니다. 그런데 현장검증 시 경찰관이 주장하는 120미터 정차 지점에서 실제 피고인들이 탑승한 승용차를 정차하여 조상필과 피고인의 대역을 하차하도록 하고 이를 살펴보았는데, 내린 사람의 형체를 제대로 알아볼 수 없을 뿐만 아니라, 심지어 몇 명이 내리는지, 여자인지, 남자인지, 무슨 옷을 입었는지조차 분간이 어려웠습니다. 단속 경찰관의 진술이 얼마나 신빙성이 없는 의도적인 진술인지 확인된 것입니다. 현장검증 시 단속 경찰관은 단속 지점에서 정차 지점의 시야를 가리는 환기통을 발견하고는 "이 환기통은 이 사건 단속 당시에는 설치되어 있지 않았다"라고 주장하였는데, 대전광역시 시설관리공단에서 확인해준 바에 의하면, 환기통은 1980년대에 설치된 것이라 합니다. 경찰관은 자신이 단속하여 송치한 사건의 유죄 입증을 위해 위와 같이 무리한 거짓말까지 만들어 내고 있습니다. '단속 경찰관이 거짓말할 이유나 동기가 없다'라는 조상필에 대한 형사판결이 얼마나 무리한 가정과 전제 위에 독단한 것인지 잘 알 수 있는 대목입니다. 신석현은 자신의 주장을 억지로 관철하려는 의도로, 이 사건 도로상에 차가 많았는지 적었는지에 관한 진술 부분도 오락가락하고 있고, 음주운전자를 시야에서 놓친 부분에 관한 진술도 일치하지 않습니다. 앞서 살핀 바와 같이 심지어 1980년대에 설치된 환기통마저 "단속 당시에는 설치되어 있지 않아 명확히 피고인들이 내리는 장면을 볼 수 있었다"라는 등 의도된 허위 진술마저 만들어 내는 신석현의 의도는 무엇일까요? 이것은 자신이 단속하여 입건 송치한 사건에 대하여 유죄 입증에 대한 부담 때문이 아닌가 합니다. 피고인들 3인은 일관하여, 운전자가 남명재라는 사실을 말해 왔고, 특히 조상필은 대법원에서 상고 기각되어 형이 확정된 이후에도 이 사건 원심법정 및 이 법정에 증인으로 나와 "자신은 운전자가 아니고 남명재가 운선사나"라고 증언하고 있는데, 형까지 확정된 범죄인이 위와 같이 그 반대 증언을 하는 것은 극히 이례적인 일입니다. 나아가 위 3인은 운전자를 바꿔치기할 아무런 동기나 실익이 없음을 잘 살펴 주시기 바랍니다. 또한 사건 당일 피고인들 및 조상필의 이동 경로가 같다는 사실에 주목해 주시기 바랍니다. 3인이 같은 승용차를 타고 이동하였다면, 차 주이자 보험가입자인 피고인이 운전했을 것 아닌가요? 그것이 상식에 맞는 일이 아닌가요? 애초 단속 단계부터 운전자가 피고인이라는 사실을 3인이 말하고 있음에도, 도주한 피고인을 음주운전으로 처벌할 수 없게 되자, 현장에서 붙잡힌 조상필을 범인으로 무리하게 지목하고, 그대로 수사를 마무리한 경찰, 검찰과, 적법하게 무죄를 선고한 조상필에 대한 1심 판단을 무리한 가정과 전제로 배척하고만 조상필에 대한 형사 항소심 판결은 독단의 발단이었습니다. 조상필은 실형을 선고받고 직장을 잃어 삶이 의욕을 잃게 되었고, 남명새, 손희재도 수사 및 재판받는 과정에서 법 권력 앞에 무력해진 자신들의 처지를 무척 비관하고 있습니다. 음주운전을 하고 단속장소에서 도망친 것은 천만번 잘못한 일이지만, 운전자가 누구인지에 대하여 사실대로 진술한 피고인들에 대하여 거짓을 강요할 수 없고, 피고인들 모두 세상이 바뀌어도 거짓으로 자백할 수는 없다고 합니다. 한편 증인 조상필은 자기 의사를 명확히 표현하지 못하는 부분이 있고, 애석하게도 증인 문희명은 현직 경찰관으로서 당시 자신의 남명재에 대한 조언을 기억하고 있으면서도 면피하려고 애매한 취지의 증언을 하고 있습니다. 법정에서 진실이 왜곡되는 안타까운 모습입니다. 문희명은 분명히 남명재의 전화를 받고 남명재에게 당일 경찰서로 들어가지 말 것을 조언해준 가까운 관계입니다. 형사재판에 있어 유죄의 인정은 법관으로 하여 합리적 의심을 할 여지가 없을 정도로 공소사실이 진실한 것이라는 확신이 들게 하는 증명력을 가진 증거에 의하여야 하므로 그와 같은 증거가 없다면 설령 피고인에게 유죄의 의심이 간다고 하더라도 피고인의 이익으로 판단할 수밖에 없다는 것이 대법원의 확립된 판례입니다. 그리고 형사재판에 있어서 이와 관련된 다른 형사사건 등의 확정판결에서 인정된 사실은 특별 사정이 없는 한 유력한 증거자료가 되는 것이나, 당해 형사재판에서 제출된 다른 증거 내용에 비추어 관련 형사사건의 확정판결에서의 사실 판단을 그대로 채용하기 어렵다고 인정될 경우, 이를 배척할 수 있다는 것이 대법원 판례입니다. 비록 관련 사건에서 대법원 판결이 확정되어 있지만, 다른 진실이 숨어 있었음이 충분히 드러났으므로, 법이 진실의 편이라는 사실을 밝혀주시기를 간곡히 바랄 뿐입니다.

......

원고 없이 웅변으로 이어진 양 변호사의 구두변론에 법정이 숙연해지는 느낌이었다.

판사가 명재와 희재에게 최후진술의 기회를 주었지만, 둘 다 아무 말도 하지 않았다.

6월 30일 10시로 선고기일이 지정되었다.

이제 최선을 다했다.
검찰 측이나 변호인 측이나 더 이상 주장하거나 입증할 방법도 없었다.
이미 보석으로 석방된 피고인도 무척 편안한 모습이었다.

두 변호사가 최후 변론요지서를 제출한다면서 명재의 메일로 전해왔다.
하고 싶은 말들이 모두 정리되어 있었다.
특히 현장검증 당시의 상황에 관하여는 매우 상세히 설명되어 있었다.
동재도 읽어보고 나서, 두 변호사에게 전화를 걸어 감사의 인사를 전했다.

6월 30일 10시로 지정되었던 선고기일이 8월 11일 10시로 연기되었다.
무죄 판결문을 작성하기 위해서는 많은 시간이 필요했었나 보다.
아니라면 아직도 재판부에서 유무죄 판단을 하기가 어려운 상태였나 보다.

명재는 편한 마음으로 선고기일을 기다렸다.

유죄가 되든 무죄가 되든 이제는 숙명이라고 생각했다.

'모든 게 내 잘못으로 벌어진 일이지! 모두 받아들여야지!'

8월 11일 오전 10시, 법정에 들어선 명재와 희재는 사뭇 상기된 표정이었다.

판사가 입을 열었다.

"2010노0000호 피고인 남명재, 손희재에 대한 위증 피고 사건의 판결을 선고합니다.

> 피고인들은 모두 조상필이 아닌 피고인 남명재가 이 사건 당시 이 사건 승용차를 운전한 것이어서 조상필에 대한 위 형사사건의 각 증인으로 출석하여 사실 그대로 진술하였다고 주장하고 있으므로 함께 살펴본다.
>
> 확정된 형사판결에서 인정된 사실은 특별한 사정이 없는 한 유력한 증거자료가 되는 것이지만, 당해 재판에서 제출된 다른 증기내용에 비추어 확정된 형사판결에서의 사실 판단을 그대로 채용하기 어렵다고 인정될 경우에는 이를 배척할 수

있다고 할 것인바(대법원 2005. 12. 8. 선고 2003도7655판결 참조), 당심 및 원심이 적법하게 채택하여 조사한 증거들에 의하면 조상필은 이 사건 승용차를 자동차운전면허를 받지 아니하고 혈중알콜농도 0.091%의 술에 취한 상태로 운전하였다는 내용의 공소사실로 도로교통법위반(음주운전)죄, 도로교통법위반(무면허운전)죄로 기소되어 대전지방법원 2008고단0000호로 무죄판결을 선고받았으나 검찰이 항소하였고, 이에 항소심은 위 공소사실을 모두 유죄로 인정하여 같은 법원 2008노0000호로 징역 6월을 선고하고 조상필이 상고하였으나 대법원에서 상고기각판결을 받아 위 유죄판결이 확정된 사실, 조상필은 자신의 위 사건에서 이 사건 피고인들의 주장과 같이 사건 일시·장소에서 운전을 한 것은 조상필이 아니라 피고인 남명재라고 일관하여 주장하였으나 이러한 주장이 배척되고 위와 같은 유죄의 확정판결을 받은 사실이 인정되는바, 사정이 위와 같다면 위와 같이 확정된 조상필에 대한 형사판결에서 인정된 사실판단(이 사건 피고인들에 대한 위증 사건의 공소사실과 동일한 내용의 사실이다.)을 그대로 차용하기 어려울 정도의 다른 증거내용이 이 사건에 제출되어 위 사실판단을 배척할 수 있을지의 여부가 이 부분 피고인들 주장에 대한 판단의 핵심이 된다고 할 것이다.

앞에서 본 증거들에 의하여 인정되는 다음과 같은 사실 및 사정 즉, ① 2008. 2. 6. 21:00경부터 대전 중구 중촌동 소재 삼육주유소 앞 하상도로에서 경찰관 3명 및 의경 8명이 음주운전 단속을 하던 중, 같은 날 22:05경 단속경찰관인 신석현이 단속현장으로부터 약 119~169m 전방에 은행동 방향으로부터 둔산동 방향으로 즉, 단속장소로 진행하여 오던 이 사건 승용차가 진행방향 도로 좌측부분의 갓길로 이동하여 정차하는 것을 발견하고 음주단속을 회피하기 위한 차량으로 의심하여 곧바로 당시 단속업무를 보조하던 의경 오창원에게 쫓아가 확인해 보라고 지시한 사실, ② 그 지시에 따라 오창원은 도로 진행방향 도로 좌측 갓길부분(오창원의 관찰방향에서는 도로 우측 갓길부분에 해당한다.)에 정차해 있던 위 차량을 계속 응시하면서 달려갔는데, 마침 위 차량의 전조등이 꺼지면서 운전석에서 남자 1명이, 조수석 쪽에서 여자 1명(피고인 손희재)이 내렸고, 운전석에서 내린 뚱뚱한 체격의 남자가 달려서 도주하자 오창원은 도로를 가로질러 그 남자를 계속 추격하였으며, 그러던 중 호남철도 아래쪽으로 교각 옆을 지나 위 쪽 천변도로로 완만한 "L"형으로 꺾여 있는 부분에서 그 남자와 오창원의 추격거리가 약간 벌이져 있고 도로구조가 꺾여있는 상태이어서 오창원은 잠시 그 남자의 모습을 놓쳤다가 그 남자가 도주로 방향으로 따라가면서 약 3초 후에 곧바로 그 남자를 발견하고 계속 추적하여 중촌동 주택가 골목길 안에서 그 남자의 도주를 저지하고 그를 상대로 음주사실을 확인한 후 혈중알콜농도를 측정한 결과 0.091%가 나왔는데, 바로 그 사람이 조상필이었던 사실, ③ 계속 위 차량의 동태를 주시하면서 조상필을 추적한 신석현과 오창원은 이 사건 원심 법정에서 이 사건 승용차에서 내린 사람은 조수석 쪽에서 여자 1명, 운전석에서 남자 1명뿐이라고 일치하여 진술하고 있고, 신석현은 조상필에 대한 도로교통법위반(음주운전)등 사건 및 이 사건에서 운전석에서 내린 남자는 검정색 점퍼를 입은 뚱뚱한 남자가 분명하다고 일관하여 진술하고 있으며 신석현과 오창원이 허위진술할 만한 동기도 찾을 수 없으며, 신석현는 시력이 1.2 내지 1.5여서 단속현장에서 이 사건 승용차가 정차된 곳을 잘 볼 수 있었던 점, ④ 당시 피고인 남명재은 회색 니트 상의와 검정색 바지를 입고 있었고, 조상필은 검정색 계통의 점퍼를 입고 있었으며, 피고인 남명재(키 174cm, 몸무게 63kg)는 조상필(171cm, 몸무게 80kg)보다 키가 크고 호리호리한 체형이어서 검거자인 오창원이 피고인 남명재와 조상필을 혼동할 가능성은 없어 보이는 점(이 법원의 검증조서의 기재 및 이에 첨부된 사진에 의하면, 이 사건 당시 신석현과 오창원이 피고인 남명재와 조상필의

모습을 혼동하여 진술 할 가능성은 없는 것으로 보인다.),

⑤ 조상필이 단속된 후 자신은 음주운전을 하지 않았고 피고인 남명재가 운전하였다고 하면서 피고인 남명재에게 통화를 하였으나 피고인 남명재은 단속현장에 오지 않고 그대로 자신의 집으로 갔던 사실, ⑥ 피고인 남명재는 조상필에 대한 도로교통법위반(음주운전)등 사건에서 "검문을 하니 자리를 피하자고 말을 하고 차에서 저와 조상필이 내려 뛰어가는데 피고인 손희재가 보이지 않아 다시 차로 돌아가 문을 열어주고 차를 옹벽 쪽으로 붙여 주차를 하고 다시 뛰어갔습니다."라는 취지로 진술하였고, 이 사건에서는 "손희재가 차량에서 뒤따라 내리지 않은 사실을 알고서 뒤를 돌아보니, 경찰관들이 쫓아오지도 않았고 저의 차량이 반듯하게 주차가 되어 있지도 않았습니다. 그래서 차량 운전석에 올라타서 시동을 걸어 약 5m 정도 이동하여 반듯하게 주차를 하고는 손희재와 함께 내려서 뛰어서 도망을 갔습니다."라고 진술하고 있으나, 이러한 진술들은 당시 전방에서 음주단속이 이루어지고 있는 것을 알고 도망가던 사람의 행동으로는 보기 어려워 상식적으로 납득이 가지 않고, 앞에서 본 바와 같이 신석현는 오창원에게 이 사건 승용차가 도로 진행방향 좌측부분의 갓길로 이동하여 정차하는 것을 발견하고 음주단속을 회피하기 위한 차량으로 의심하

여 곧바로 당시 단속여부를 보조하던 의경 오창원에게 쫓아오고 있음을 알지 못하였다는 것 또한 납득하기 어려운 점, ⑦ 피고인 손희재는 조상필에 대한 도로교통법위반(음주운전) 등 사건에서 피고인 남명재가 이 사건 승용차로 다시 오긴 했으나 차를 옮기기 위해 운전하지는 않았다고 진술하였고 이 사건 수사단계에서는 피고인 남명재가 이 사건 승용차로 다시 와 문을 열어 주었으나 차를 옮기기 위해 운전하였는지는 기억나지 않는다고 진술하여 피고인 남명재의 위와 같은 진술과 불일치하는 점, ⑧ 피고인들은 조상필이 제일 빨리 도망갔고, 그 뒤를 피고인 남명재가, 그 뒤를 피고인 손희재가 따라 도망하였다고 진술하나 실제 상황이 그랬다면 단속경찰관이 피고인 남명재를 검거하기가 더 쉬웠을 것으로 보이는데 오창원은 조상필만을 쫓아가 검거했던 점, ⑨ 만약 피고인 남명재가 운전을 하였다면 조상필이 도망할 만한 뚜렷한 이유가 없어 보이는데 조상필은 음주운전을 하는 경우 동승자도 처벌받는 것으로 생각하고 도망갔다고 진술하면서도 도망가던 중 '운전도 안했고 운전을 제대로 할 줄도 모르는 사람이 도망간다는 것도 이사하다. 왜 도망갔지.'라고 생각하면서 경찰관들이 오기에 숨어있던 곳에서 나와 검거되었다고 변명하고 있어 이를 전혀 납득하기 어려운 점 등을 종합하여 보면, 이 사건 당시 음주운전을 한 사람은 조상필이고 피고인들은 피고인 남명재가 2008. 2. 6. 22:05경 이 사건 승용차를 운전한 사실이 없음에도 운전한 사실이 있다는 취지로 증언하여 자신의 기억에 반하는 허위의 진술을 하여 위증한 사실이 인정된다.

나아가 양형과중에 관한 피고인들의 주장에 관하여 살피면, 이 사건 범행으로 인하여 국가기관의 적정한 형사사법의 기능이 침해된 점, 그 밖에 피고인들의 연령, 성행, 환경, 범행 후의 정황 등 양형의 조건이 되는 제반사정을 종합하여 보면, 피고인들에 대한 원심의 형량이 너무 무거워 부당하다고는 인정되지 않으므로, 피고인들의 이 부분 주장도 이유 없다.

따라서, 피고인들의 항소를 모두 기각하고, 피고인 남명재에 대한 보석 허가를 취소합니다.

이 판결에 불복이 있으면 일주일 내에 이 법원에 상고장을 접수하면 됩니다.

보석 허가가 취소되고 다시 법정구속이었나.
판사가 판결요지만 설명했지만, 전과 다를 바가 없었다.

판결문 역시 과거의 판결을 그대로 답습(踏襲)한 내용이었고, 현장 검증에서 확인된 내용은 대부분 무시되었다.

청천벽력 같은 소식에 동재는 공장 사무실에 앉아 있다가 뛰쳐나와 변호사 사무실로 향했다.

동재는 흥분한 기색이 역력했고, 양 변호사와 민 변호사도 넋을 잃은 표정이었다.

"변호사님! 어떻게 이럴 수가 있나요? 그렇게까지 현장검증에서 확인하고도 유죄를 인정하나요?"

양 변호사는 그날 모든 일정을 취소하고 동재와 함께 소주를 마시면서 시간을 보낼 수밖에 없었다.

한참을 침묵하면서 소주를 마시던 양 변호사가 입을 열었다.

"대법원판결이 부담되었겠지요! 대법원판결은 대법원에서 다시 뒤집어야 할 것 같네요. 다시 한번 해봅시다."

"지금까지 모두 졌는데, 마지막 상고심에서 이길 가능성이 있기는 하나요?"

동재의 닦달에 양 변호사는 말을 잇지 못했다.

"가능성은 희박하지만, 포기할 수는 없지요."

동재는 가능성이 희박하다는 표현을 하는 양 변호사가 오늘따라 야박하게만 보였다.

명재는 다시 구속된 후 상고를 포기하겠다고 우겼다.

변호사들은 반드시 상고해야 한다고 난리를 쳤다.

"항소심 판결을 살펴보니까 마치 피고인과 변호인들에게 상고하라고 암시를 해준 것 같습니다. 현장검증에서 확인된 사정들을 무시하고 과거 판결을 답습했습니다. 하급심에서 대법원판결을 부인하기가 어려웠겠지요. 이것은 대법원판결은 대법원에 가서 깨라고 항소심에서 암시한 것 아니겠습니까? 만일 상고를 하지 않으면 지금까지 우리가 모두 거짓말을 해 온 것이나 다름없습니다. 우리가 상고심에서 반드시 깨 볼 테니 포기하시면 안 됩니다."

민 변호사가 더 적극적이었다.

다음 날 동재는 다시 교도소로 향했다.

이미 명재가 대전교도소를 떠나 강경교도소로 이송된 다음이었다.

강경교도소에 가니 명재는 상고 포기서를 제출했다고 했다.

"모두 내 잘못이고 이제 형기가 얼마 안 남았으니 그만할게요!"

아무리 동재가 설득해도 명재의 고집을 꺾기는 어려웠다.

다섯 번의 재판을 거치면서 이미 기울어진 운동장이 되었다는 사실을 명재는 알고 있었다.

그리고 대법원은 이런 사소한 사건은 쳐다보지도 않을 것으로 생각했다.

이 사건으로 세 번째 구속된 명재도 이미 반 변호사가 되어가고 있었다.

교도소에서는 상고심에서 사건을 뒤집었다는 말을 들어본 적이 없었다.

"상고기각!"

"상고기각!"

혹여나 하고 기다리던 피고인들이 모두 상고심 결과를 보고 절망하곤 했다.

그래도 진실이 아니라고 확신하고 있는 동재는 미련이 남아 있었다.

"명재가 상고 포기서를 제출했는데, 어쩌지요?"

마침 당일 재판 일정이 없던 민 변호사가 그 이야기를 듣고 바로 강경교도소로 달려갔다.

"변호사님! 저는 여한이 없습니다. 이제 형기가 얼마 남지 않았으니 그냥 교도소에서 살고 나가겠습니다. 제가 잘못 산 대가를 치르는 것인데요! 걱정하지 마십시오. 노모와 아들, 딸들에게만 출장 간 것으로 말씀해주세요!"

명재의 고집을 도저히 꺾을 수 없었다.

"대법원은 마지막 보루입니다. 항소심 재판부도 보석으로 석방하고 선고기일을 연기하면서까지 고민했던 사건입니다. 전에 대법원에서 확정된 일이기에 항소심 재판부도 항소기각을 하였지만, 항소심 재판부 역시 다시 대법원의 판단에 맡기고 싶었을 것입니다. 여기서 포기하고 대법원에 가지 않으면 지금까지 우리는 모두 거짓말을 하고 있던 것을 스스로 인정한 것입니다. 포기하지 말고 끝까지 합시다."

민 변호사가 계속 설득했는데도 명재는 이미 상고 포기서를 제출했다면서 계속 거부했다.

민 변호사가 그 자리에서 교도관에게 상고 포기서가 법원으로 발송되었는지를 물었다.

아직 발송 대기 중이었다.

민 변호사는 피고인의 요청이라면서 상고 포기서를 돌려달라고 요청했다.

상고 포기서가 교도관에 의해 다시 변호인 접견실로 도착하여 피고인에게 돌아갔다.

민 변호사가 이를 건네받아 바로 찢어버리면서 다시 한번 명재에게 강권했다.

"마지막까지 최선을 다해봅시다. 지금 항소심에서 밝힌 내용만 가지고도 충분히 어필이 가능해요. 확정된 대법원판결도 바뀔 수 있어요."

아무리 설득해도 명재가 눈물로 호소했다.

"제발! 이제는 그만...... 포기하고 싶습니다."

민 변호사가 2시간 이상을 설득하다가 돌아섰다.

"당신 때문에 상필이 위증죄로 다시 구속될 겁니다. 실형을 살고 나와서 누범기간 중 다시 위증죄를 범한 것이니 죄질이 매우 나쁜 겁니다. 당신을 위해 최선을 다한 상필을 위해서라고 끝까지 해봐야 하지 않겠어요? 며칠 후 다시 오겠습니다."

이틀 후, 이번에는 양 변호사가 강경교도소로 출발하려 하니 동재가 전화를 걸어왔다.

어제 민 변호사가 다녀간 뒤 명제기 상고장을 제출했다고 했다.

이제 변호인 접견을 오지 않아도 되고, 가족들도 면회를 오지 말라고 말했다고 했다.

생각 없이 편히 쉬고 싶다면서......

그냥 최선만 다해 달라면서......

희재도 자신이 선임한 변호사를 통해 상고장을 제출했다.

다만 동재의 부탁으로 희재의 상고심도 양 변호사와 민 변호사가 맡기로 했다.

7. Re 재판 III
- 파기환송

"지붕을 뚫어버린 진실의 창(創)"

양 변호사는 사실 걱정이었다.

대법원에서 형사판결을 파기 환송시키는 것이 정말로 어렵다는 것을 누구보다도 잘 알고 있었다.

"파기 환송된 사건들을 살피면, 밋밋한 증거 법칙을 나열하는 것보다는 무언가 임팩트가 있는 상고이유서를 작성해야 할 것 같아! 피를 토하는 심정이 스며들어야 상세히 살펴볼 거야! 전 대법원판결에서 인정한 사실관계를 대법원에서 다시 뒤집는다는 것은 스스로 부정하는 것이라서....."

그러나 민 변호사는 만일 상고 기각되면 재심을 청구할 자료가 있다고 말하면서 반드시 파기 환송시켜야 한다고 말했다.

"재심? 재심은 더 어려운 건데? 뭐로 재심을 청구하나!"

양 변호사는 부정적인 데 반해 민 변호사가 매우 적극적이었다.

"내가 상고이유서를 만들어 볼 테니, 감수나 해주게!"

그렇게 며칠이 지나고 민 변호사가 상고이유서를 내밀었다.
상당한 시간을 들여 심혈을 기울여 만든 내용이었다.
양 변호사는 민 변호사의 날카로움에 감탄하면서 결론 부분에 자기 생각 몇 줄을 보충하여 상고이유서를 완성했다.
민 변호사도 역시 이에 동의하여 상고이유서를 완성하여 제출했다.

......

■ 이 사건 공소사실 및 원심 판단의 요지

『피고인 남명재는,

사실은 조상필이 06수0000호 그랜저 승용차를 운전하였음에도 불구하고, 조상필에 대한 도로교통법 위반(음주운전) 등 사건과 관련하여, 2008. 11. 24.경 위 법원 232호 법정에서, 2009. 4. 30.경 위 법원 230호 법정에서 각 증인으로 출석하여 "대전 중구 중촌동 소재 삼육주유소 앞 도로에서 위 그랜저 승용차를 운전한 것은 자신이다."라는 취지로 각 자신의 기억에 반하는 허위의 진술을 하여 위증하였고,

피고인 손희재는

사실은 조상필이 운전하는 위 그랜저 승용차에 동승 하여 조상필이 위 승용차를 운전한 것으로 알고 있었음에도, 조상필에 대한 위 형사 1심 사건과 관련하여 2008. 11. 24.경 위 법원 232호 법정에서 증인으로 출석하여 "대전 중구 중촌동 소재 삼육주유소 앞 도로에서 위 그랜저 승용차를 운전한 것은 남명재이다."라는 취지로 각 자신의 기억에 반하는 허위의 진술을 하여 위증하였다.』

라는 공소사실로 기소되었습니다.

이에 대하여 1심은 위 공소사실을 모두 인정하여, 피고인 남명재에 대하여는 징역 8월의 실형을 선고하면서 법정구속하였고, 피고인 손희재에 대하여는 징역 6월에 집행유예 2년, 120시간의 사회봉사명령을 선고하였으며,

계속된 원심에서도 피고인들의 항소를 기각하고 피고인 남명재에 대한 보석 허가를 취소하면서 피고인 남명재를 법정구속하였습니다.

■ **상고이유의 요지**

원심은 검증 등을 통해 객관적으로 드러난 사실조차 외면하면서 오로지 대법원에서 유죄로 확정된 관련 조상필 형사사건(대법원 2009도0000 및 그 원심인 대선지방법원 2008노0000호)을 철저히 원용하면서 조상필에 이어서 또다시 피고인 남명재를 구속수감 하였는데,

뒤에서 자세히 살피는 바와 같이 이러한 원심 판단은 채증법칙위반으로 사실을 오인한 것이고, 이에 따라 판결 결과에 영향을 미친 위법이 있습니다.

■ 이 사건의 경과 및 이 사건의 핵심

1. 이 사건의 경과

이 사건 상고심에 이른 경과는 아래와 같습니다.

가. 음주단속을 회피하기 위한 피고인 남명재, 손희재 및 조상필의 도주

2008. 2. 6. 22:05경 대전 중구 중촌동 소재 삼육주유소 앞 도로에서 피고인 남명재가 피고인 손희재와 조상필을 태운 채 운전하다가 약 170여 미터 전방에서 음주단속을 하는 현장을 보고, 음주 상태였던 위 3인이 타고 있던 차량에서 내려 도주하였는데,

이들을 본 경찰관이 추격하여 조상필은 검거되었고, 남명재는 빠르게 도주하여 검거되지 않고 현장을 이탈하였습니다.

나. 조상필에 대한 1심 형사재판 (무죄 선고)

조상필에 대한 형사사건의 1심 재판부(대전지방법원 2008고단0000호)는

- 음주단속시는 야간이었고, 약 80미터 떨어진 곳에서 승용차에서 내리는 사람들의 얼굴을 확인하지 못한 채 형체만을 볼 수 있었던 점,
- 오창원은 이 법정에서 "어두워서 자세히 못 보고, 3초 정도 시야를 놓쳤다"라고 진술하고 있어, 그 사이에 오창원이 쫓던 남자가 남명재에서 피고인으로 바뀔 가능성이 있는 점,
- 조상필과 남명재, 손희재가 일관되게 진술하고 있는 점,
- 수사 기록의 통화내역 확인 보고에 의하면 조상필, 남명재, 손희재의 이동 경로가 대체로 일치하는 점,
- 조상필은 오토바이 운전을 하다가 단속된 적은 있어도, 자동차를 운전하다가 단속된 점은 없는 점

등에 비추어 신석현, 오창원의 각 진술만으로 조상필이 이 사건 승용차를 운전하였다고 볼 수 없다고 하면서 조상필에 대해 무죄를 선고하였습니다.

한편 위 1심 형사사건에서 피고인 남명재, 손희재는 수사기관에 이어서 "남명재가 운전한 것이 맞고, 조상필이 운전한 것은 아니다."라고 진술하였습니다.

다. 조상필에 대한 2심 형사재판 (유죄 선고 및 법정구속)

그러나 이어진 항소심 재판부(대전지방법원 2008노0000호)는
- 단속 경찰관 신석현이 80m 전방의 승용차에서 2명이 하차했다고 진술한 점,
- 추적하던 오창원이 3초간 시야를 놓쳤다가 다시 조상필을 검거한 점,
- 신석현이 차에서 내린 남자는 검은색 점퍼를 입은 뚱뚱한 남자라고 진술한 점,
- 남명재는 회색 니트 상의를 입고 있었고, 조상필은 검은색 점퍼를 입고 있었으며, 남명재(키 174cm, 몸무게 63kg)는 조상필(키 171cm, 몸무게 80kg)보다 호리호리한 체형이어서 오창원이 남명재와 조상필을 혼동할 가능성이 없어 보이는 점,
- 남명재가 조상필과의 통화 후 단속 현장에 오지 않은 점,
- 남명재는 '조상필과 같이 뛰어가다가 다시 돌아와 차를 옹벽 쪽에 세우고, 문을 열어주어 손희재를 나오게 하였다.'라고 진술하나 당시의 급박한 상황에 비추어 볼 때 상식적으로 납득가지 않는 점,
- 남명재가 뒤늦게 도망하였다면, 오창원이 남명재를 검거하였을 것인데 조상필을 검거하였고 조상필이 도주할 뚜렷한 이유가 없는 점

등의 이유를 들어 1심을 파기하고 조상필에 대해 유죄를 선고하면서 조상필을 법정 구속하였습니다.

위 항소심 판단의 요지는 "야간에 단속 중이던 경찰관 신석현이 멀리서 정차한 이 사건 차량을 발견하였는데, 그 차량에서 여자는 조수석에서, 뚱뚱한 체형의 남자는 운전석에서 내려 도주하는 것을 발견하고, 의경 오창원에게 지시하여 이들을 체포하라고 하였는데, 의경 오창원이 뚱뚱한 체형의 남자를 추적하다가 잠시 도로가 꺾인 부분에서 시야를 놓친 다음 다시 발견한 사람을 검거해 보니 뚱뚱한 체형의 남자(조상필)였고, 그 당시 호리호리한 체형의 남자(남명재)는 현장에 없었으므로 조상필이 운전한 것이 맞다"라는 것인데,

결국 항소심 판단의 가장 큰 근거는 단속 경찰관 신석현과 추격한 의경 오창원의 주관적 진술에 있었고, 항소심은 이러한 주관적 진술을 바탕으로 사실관계를 판단하였으며, 공판 당시 피고인 측에서 강력히 주장한 '야간 현장검증'과 같은 객관적 자료 생산에는 인색했습니다.

한편 위 항소심 형사사건에서 피고인 남명재는 1심에 이어서 "남명재가 운전한 것이 맞고, 상필이 운전한 것은 아니다."라고 진술하였습니다.

라. 조상필에 대한 상고심 형사재판 (상고기각)

조상필은 항소심 결과에 불복하여 상고하였는데 상고심(대법원 2009도0000호)에서 상고기각의 판결을 하여 조상필에 대한 유죄가 그대로 확정되었습니다.

마. 검사의 이 사건 피고인들에 대한 위증죄 기소 및 1심 형사재판 (유죄 선고)

그러자 담당 검사는 이 사건 피고인들이 조상필의 형사사건에서 위증하였다고 이 사건을 기소하였고, 1심 형사재판부는 '기존의 대법원판결'을 중시하면서 피고인들에게 유죄를 선고하고 아울러 피고인 남명재에게 실형선고를 하였습니다.

바. 피고인들에 대한 항소심 형사재판 (항소기각)

이에 피고인들이 항소하고 피고인 남명재가 보석 청구를 하였는데, 재판부는 1차로 위 보석 청구를 기각하였다가 다시 재청구하자 보석 청구를 받아들여 피고인 남명재는 불구속 상태에서 재판받을 수 있었습니다.

위 항소심에서 피고인들은 이전 재판과 달리 '야간 현장검증'의 필요성을 강조하여, 항소심 재판부는 '과연 신석현 등의 진술을 믿을 수 있는지 판단하기 위한' 야간 현장검증을 실시하였습니다.

아울러 피고인들은 신석현 등의 진술 신빙성을 탄핵하기 위한 '구치소 내에서의 녹취서' 등 여러 객관적인 자료를 제출하였습니다.

위와 같은 야간 현장검증 결과 및 기타 객관적 자료가 무수히 나왔음에도, 항소심 재판부는 기존 조상필 형사사건의 항소심을 그대로 원용하는 듯한 판결을 하였으며, 항소심 단계에서 드러난 여러 객관적인 자료들에 대해서는 언급조차 하지 않았습니다.

결국 피고인들의 항소는 기각되었고, 피고인 남명재에 대한 보석허가도 취소되어 피고인 남명재는 다시 법정구속 되었습니다.

2. 이 사건의 핵심

결국 이 사건은 조상필에 대한 항소심 및 상고심 사건(대전지방법원 2008노0000호, 대법원 2009도00000호)에서 다루어진 쟁점인 "과연 누가 운전을 한 것인가?"를 다루는 것이라고 할 것인데,

이에 관해서 음주단속을 하였던 경찰관과 사건 당사자인 피고인들 및 조상필의 진술이 상당히 엇갈리므로 "과연 누구의 진술이 신빙성이 있는가?"가 이 사건의 핵심 쟁점이므로, 객관적인 자료를 통해 이를 밝혀야 할 것입니다.

즉 이 사건은 계획된 범죄도 아니고 조직적인 범죄도 아닌 '소시민들이 음주단속을 피해 황급히 도망친 것'이 전부인 사건으로서 부정확한 사건 관련자들의 직접적인 진술에 의존하기보다는 객관적이고 과학적인 사실을 근거로 이 사건의 진실이 파악되어야 할 것입니다.

그런데 조상필에 대한 항소심 재판부(대전지방법원 2008노0000호)에서는 이 사건을 '마치 피고인들이 치밀하게 계획하고 의도한 범죄'인 것처럼 전제하면서, 조상필 및 피고인들의 사건 당시의 심리를 집요하게 추궁하였고 그에 따라 이들의 일부 부정확한 진술과 다소 납득하기 어렵게 진술한 부분을 확대 포장하여 이들의 일관된 진술을 믿을 수 없다고 판단하였고, 그러한 판단은 그 이후에 진행된 상고심 재판에서 그대로 굳어졌습니다.

반면 객관적이고 과학적인 사실에 정면으로 위배 되는 경찰관들의 진술에 대해서는 현장검증도 하지 않은 채, 관련 서류만을 토대로 경험칙에 따라 신빙성이 있다고 판단하는 오류를 범했습니다.

아울러 위 항소심 재판부(대전지방법원 2008노0000호)는 음주 운전자 특정 방법을 적용함에 있어 치유하기 어려운 오류를 범하였습니다.

■ 사건 관련자들 진술의 신빙성

이 사건 경찰관들의 진술은 객관적이고 과학적인 사실에 정면으로 배치되는 점이 많아 신빙성이 크게 떨어지는 반면, 피고인 남명재 등의 진술은 일부 심리적 측면의 진술에 문제점이 있는 것은 사실이나, 전체적 측면에서 일관성이 있고 객관적 사실에 바탕을 두고 있어 신빙성이 있으며,

특히 피고인 남명재의 경우, 남명재의 입장에서 자신이 음주운전을 하지도 않았는데 조상필의 형사사건에서 "내가 음주운전을 하였다."라고 주장할 「이유」나 「이익」을 찾아볼 길이 전혀 없습니다.

1. 경찰관 신석현의 진술

신석현의 진술은 명백히 허위의 진술은 아니나, 아주 짧은 시간에 이루어진 자기의 경험을 주관적으로 포장하여 진술한 것으로서 객관적이고 과학적 사실에 비추어 믿기 어렵습니다.

가. 신석현이 승용차 주변 상황을 정확히 관찰할 수 있는 지 여부

신석현은 조상필에 대한 형사사건 이래 줄곧 "가로등이 촘촘히 있었고 계속 진행하는 「차량의 불빛 때문에」 차에서 내리는지를 명확히 확인할 수 있었고, 분명히 검은색 파카 옷을 입은 뚱뚱한 남자가 운전석에서 내렸다."라는 취지로 진술하였습니다.

그러나 이 사건 2011. 3. 28.자 야간 현장검증 결과 나타났듯이 신석현이 있던 삼육 주유소 앞 맨홀 위에서는 피고인 남명재 운전의 승용차 정차 지점 상황을 정확히 관찰할 수 없었고, 단지 승용차에서 사람이 내렸다는 정도만 확인할 수 있었을 뿐 아래 사진처럼 차량에서 내린 사람들의 인상착의를 전혀 식별할 수 없으므로, 신석현의 위 진술은 객관적인 사실에 명백히 반하는 것입니다.

신석현이 있던 자리에서 찍은 사진
(붉은 선 안이 이 사건 차량이 있던 자리)

6배 줌업 한 사진
(줌업 할 경우 사람의 형체가 흐리게 보임)

한편 신석현은 "은행동 쪽에서 둔산동 쪽으로 이동하는 차량이 매우 많았다.", "구정 전날이라 하상도로에 둔산 쪽으로 가는 차들은 꽉 차 있었다."라고 조상필에 대한 형사사건에서 법정 진술을 한 바 있는데, 이 사건 현장검증 시에는 "차량은 많았는데, 피고인의 승용차가 있던 부분의 도로에는 차량이 없었다."라는 취지로 진술하였습니다.

이 사건 야간 현장검증 결과 둔산동 쪽으로 진행하는 차량 들의 전조등으로 인해 시야가 방해받고, 그에 따라 음주단속 지점에서 피고인의 승용차가 정차한 지점의 상황을 정확히 파악하는 것이 거의 불가능하다는 것이 밝혀지자, 신석현은 "이 사건 당시 피고인의 승용차가 정차한 지점에는 차량이 없었다."라는 취지로 진술하여 종전의 진술을 교묘하게 바꾼 것으로 볼 수밖에 없습니다.

조상필에 대한 형사사건의 항소심에서 재판부는 위와 같은 아주 부정확한 신석현의 진술을 토대로, "당시 남명재는 회색 니트 상의와 검은색 바지를 입고 있었고, 조상필은 검은색 계통의 옷을 입고 있었으며, 남명재 (키 174cm, 몸무게 63kg)는 피고인 (키 171cm, 몸무게 80kg)보다 키가 크고 호리호리한 체형이어서 경찰관이 이들을 혼동할 가능성이 없었다."라고 하면서 조상필에 대해 무죄를 선고한 원심을 파기하였는바,

신석현의 위와 같은 진술이 조상필에 대한 유죄 선고에 결정적 역

할을 하였습니다.

나. 하상 도로변 환기구에 관한 진술

이 사건 야간 현장검증 시 신석현이 있던 맨홀에서 피고인의 승용차가 정차한 지점 사이에 검은색의 대형 원통형 환기구가 있어서 더욱더 피고인의 승용차 부근의 상황을 파악하기 어려웠는데,

신석현은 '맨홀에서 피고인의 승용차 상황을 정확히 식별할 수 있었다'라는 자신의 기존 진술에 힘을 더하기 위해, 누구도 신석현에게 묻지 않았음에도 스스로 "이 사건 당시 원통형 환기구는 없었기 때문에 분명히 뚱뚱한 사람이 내리는 것을 볼 수 있었다."라고 진술하였습니다.

신석현이 있던 자리에서 찍은 사진
(붉은 선 안이 이 사건 차량이 있던 자리)

6배 줌업 한 사진
(줌업 할 경우 사람의 형체가 흐리게 보임)

그러나 앞 환기구의 관리책임기관인 대전광역시 시설관리공단에 의하면 위 환기구는 1986년경 설치된 것이고, 그에 따라 이 사건 당시에도 설치되었으므로, 신석현의 위와 같은 진술은 자신의 기존 주장을 정당시하려고 한 명백한 위증입니다.

2. 의경 오창원의 진술

승용차에서 하차한 사람들을 추격하던 의경 오창원은
"운전석에서 내려 도망을 가는 남자를 지목하여 뒤쫓아 갔는데 중간지점이 약간 굽은 관계로 약 5초가량 시야에서 놓쳤다가 다시 발견하고 검거하였다."
"처음 승용차와 자신과의 거리가 100미터 정도 떨어져 있었고, 자신이 100m 정도 쫓아가다가 약 3초간 시야를 놓쳤다."라고 진술하였습니다.

그러나 이 사건 야간 현장검증에서 밝혀졌듯이,
① 의경 오창원은 신석현이 있던 맨홀 바로 옆 하상도로에 처음 있었고,
② 피고인 남명재 운전의 승용차는 오창원이 있던 곳에서 170m 벌어신 곳에 정차하였고, 그 지점에서 '호남철도 밑 부분까지의 거리'는 약 70m이어서 오창원이 있던 지점에서 '호남철도 밑 부분'까

지의 총거리는 약 240m이며,(신석현 등은 이 사건 승용차가 음주단속 지점에서 120m 떨어진 곳에 정차되었다고 주장하나, 전방에서 음주단속하고 있는 것을 본 피고인 남명재가 바보가 아닌 이상 음주단속 지점을 향하여 더 승용차를 진행 시킨 다음 정차할 이유는 전혀 없습니다.)

③ 피고인 남명재 도주로를 따라 뛰다가 호남철도 밑 부분을 지나게 되면, 도로가 "ㄴ"자로 꺾였고 또한 도로가 뚝방쪽으로 오르막이 형성되어 있어서 추격자의 입장에서는 도주자에 대한 시야를 놓칠 수밖에 없고,

④ 이러한 상황에서 피고인 남명재가 승용차에서 내려 도주로를 따라 도주하여 호남철도 밑 지점에 이르렀을 때, 오창원의 걸음이 아주 빠르다고 하더라도 오창원은 호남철도 밑 지점에서 약 140m 떨어진 곳에 도착하였고, 그때부터 피고인 남명재에 대한 시야를 놓쳤을 것이며, (앞서 본 바와 같이 오창원은 법정에서 '약 100m 정도 쫓아가다가 시야를 놓쳤다.'라고 진술한 바 있습니다.)

⑤ 오창원은 도주자에 대한 시야를 놓친 지점에서 약 140m를 더 달리면 호남철도 밑 지점에 도착할 수 있으나, 그 지점 역시 도로가 오르막이어서 이미 뚝방길로 접어든 도주자를 오창원이 볼 수 없고, 오창원이 뚝방길로 올라서야 도주자를 다시 볼 수 있는 점 등을 보면, 오창원의 3-5초간 도주자에 대한 시야를 놓쳤다는 말은 전혀 믿을 수 없습니다.

그렇다면 오창원은 피고인 남명재(경찰 주장은 조상필)보다 120m

떨어져서 남명재를 추적한 것이 되므로, 동복에 각종 장비를 착용한 오창원이 승용차가 정차된 지점까지 가는데 약 16~20초가 소요될 것이고, 그때면 남명재 역시 이미 '철길 밑의 구부러진 도로'에 거의 이르렀을 것입니다.

오창원이 승용차 정차 지점에서 '철길 밑의 구부러진 도로'에 이르기까지 약 16~20초가 또 소요될 것이고, 그 시간이면 남명재는 이미 '철길 밑의 구부러진 도로'의 시작 지점을 벗어났을 것이므로, 남명재의 걸음걸이 속도가 오창원보다 늦다고 하더라도, 최소한 오창원은 15초 이상 남명재에 대한 시야를 놓쳤다고 볼 것입니다.
(15초 이상은 오창원의 시야가 남명재에서 조상필로 바뀔 충분한 시간이 됩니다.)

결국 3~5초간 시야를 놓쳤다는 오창원의 진술은 자신의 주관적 판단에 근거한 것으로 전혀 객관적이지 못한 것입니다.

먼저 도주한 조상필이 '철길 밑의 구부러진 도로'의 시작 지점에서 남명재를 기다렸고, 뒤늦게 출발한 남명재는 '철길 밑의 구부러진 도로'의 시작 지점에서 조상필을 만난 다음, 계속하여 뚝방길로 도주하여 비닐하우스가 있는 골목길로 사라진 것이며,
조상필은 '철길 밑의 구부러진 도로'를 지나, "내가 왜 도망가야 하

는가?"라는 생각에 천천히 뚝방길로 걷다가, 오창원에게 발각되어 검거된 것이고, 오창원은 당시 뚝방길에서 조상필이 외에 다른 사람을 보지 못하였으므로 자신이 검거한 사람이 당연히 차에서 내린 사람으로 단정한 것입니다.

한편 오창원은 "잠시 시야에서 놓쳤다가 다시 발견하고 검거한 남자가 운전석에서 내린 남자라고 100% 확실하게 말할 수는 없다."라고 진술하였고, 위 진술을 바탕으로 조상필 사건의 1심 재판부에서는 조상필에 대해 「무죄를 선고」한 바 있습니다.

3. 피고인들, 조상필 및 문희명의 진술

가. 피고인들 및 조상필의 일관된 진술

이 사건 피고인들과 조상필은 조상필의 형사사건 초기 단계부터 이 사건에 이르기까지 일관되게
① 대전 중구 은행동 140-2 소재 대한증권 건물에서 3명이 함께 술을 마신 후 술을 더 마시기 위해 은행동에서 둔산동으로 가기 위해 하천변 도로를 따라 남명재가 음주운전을 하던 중 남명재가 전방 약 170m 지점에서 경광등을 켜고 음주 단속하는 것을 발견하고, '모두 도망가자'라고 하면서 급하게 자신의 승용차를 하천변 도로 편도 2차로 지점에 정차시켰고,

② 남명재와 조상필이 승용차에서 내려 철길 밑 구부러진 도로 쪽으로 도주하였는데, 손희재가 내리지 않아 남명재가 다시 승용차로 가서 승용차를 갓길에 세우고 승용차 문을 열어 손희재를 내리게 한 다음, 손희재와 같이 철길 밑 구부러진 도로 쪽으로 도주하였으며,

③ 손희재는 걸음이 늦어 뒤 쳐졌고, 남명재는 자신보다 먼저 도주하였던 조상필을 '철길 밑 구부러진 도로' 부근에서 만났는데 자신은 계속 도주하여 뚝방길을 넘어 골목길을 지나 비닐하우스 쪽으로 도주하였고,

④ 조상필은 '내가 도망칠 이유가 있나'라는 생각에 뚝방길을 천천히 걷다가 오창원에게 검거된 것이며,

⑤ 조상필은 검거된 후 음주 측정을 당하면서 처음부터 '남명재가 운전한 것이다.'라고 하면서 남명재와 손희재에게 통화를 하였는데, 남명재가 단속 현장에 나타나지 않은 것이며,

⑥ 손희재는 오창원이 자신을 앞질러 다른 사람을 잡으러 가는 바람에 자신은 검거되지 않았고, 천천히 길을 걷다가 남명재와 통화를 하여 남명재를 만난 것이라고 진술하였습니다.

나. 조상필 등의 진술상 일부 문제점

○ 남명재가 도주하나가 나시 승용자로 돌이갈 때의 상황

이 사건 담당 수사기관 및 조상필 형사사건의 항소심 재판부는 '매우 급박한 상황에서 음주 운전자가 도주를 중단하고 다시 승용차로 되돌아가는 것은 이례적이다.'라고 판단하였습니다.

그러나 이 사건 항소심에서 조상필이 진술한 바와 같이 당시 피고인들과 조상필은 경찰관들의 경광등을 보고 전방에서 음주단속을 하고 있었던 사실만 인지하였을 뿐이고, 의경 오창원이 추격하고 있었던 점은 전혀 몰랐습니다.

실제 '신석현과 오창원의 기존 진술'과 같이 '승용차에서 남자 1명과 여자 1명이 하차한 이후 오창원의 추격이 개시되었기 때문에', 피고인 남명재가 도주를 중단하고 다시 승용차로 되돌아갔을 때까지는 신석현과 오창원은 피고인들을 인지하지 못하였고 그에 따라 피고인 남명재는 경찰이 추격한다는 것을 단 1초라도 인식할 수 없었습니다.

게다가 이 사건 야간 현장검증 시 파악된 바와 같이 이 사건 현장은 상당히 어둡고 차량 불빛들이 산란 되는 곳이기 때문에 피고인들이나 조상필의 입장에서 뒤쪽에서 의경이 추격하고 있는지를 알기는 거의 불가능합니다.

따라서 피고인 남명재는 음주단속을 피하려는 마음이 있었을 뿐이고, 피고인 남명재가 되돌아갈 시점에 추격자도 없었기 때문에 그다지 급박한 상황이 아니어서 자신의 승용차로 되돌아간 것입니다.

○ 남명재가 승용차로 되돌아간 이유

이미 음주운전 전과가 있던 피고인 남명재는 전방에서 음주단속을 하는 것을 보고, 앞뒤 가리지 않고 본능적으로 주위 사람들에게 '도망쳐'라고 하면서 도주를 시작하였는데, 승용차 뒷좌석에 있던 손희재가 오지 않았음을 인식하였습니다.

이러한 상황에서 일반적인 음주운전 도주자로서는 만일 동승자가 그대로 있다가 나중에 경찰에 잡히면, 그로 인해 음주 운전자도 어쩔 수 없이 경찰에게 갈 수밖에 없는 상황이 초래될 것이라고 본능적으로 생각할 것입니다.

피고인 남명재도 위와 같은 일반적인 음주운전 도주자처럼 본능적으로 움직인 것이며, 그 과정에서 체계적이고 깊이 있는 고려는 하지 않은 것입니다.

그런데 조상필 사건 항소심 재판부는 마치 피고인 남명재가 그 상황에서 깊이 있는 사고를 하였다고 가정하면서, '급박하게 도주하는 사람이 다시 승용차로 돌아오는 것은 있을 수 없다.'라고 판단하였습니다.

○ 조상필과 손희재가 같이 도주한 이유

조상필 사건 항소심 재판부 및 이 사건 공판 검사는 "운전하지도 않았다고 하는 조상필과 손희재가 도주할 이유가 없다."라는 것을 전제로 조상필에게 도주한 이유를 집중적으로 물어왔고, 조상필은 얼떨결에 "음주 운전자와 동승 한 사람도 처벌된다는 말을 들었다"라고 진술하였습니다.

조상필의 위와 같은 진술을 분석해 보면, '이 사건 당시 조상필이 과연 그와 같은 생각으로 도주한 것이다.'라고 판단하기보다는 '이 사건 이후 담당 수사기관 등에서 집중적으로 질문을 하다 보니, 그 당시 그런 생각을 했던 것이 아닐까'하고 위와 같은 진술을 한 것으로 보입니다.

당시 조상필은 피고인들과 마찬가지로 술에 취해있었는데, 위 조상필의 법정 진술과 같은 생각을 갖고 아주 이성적으로 '음! 내가 음주 운전자와 동승 했으니 처벌받을 수 있어. 그래서 도주해야 해!'라고 판단하였다고 하는 것 자체가 어불성설입니다.

음주 운전자가 '도망쳐!'라고 하면, 음주운전 차량에 동승 한 사람은 별다른 생각 없이 음주 운전자와 같이 도주를 하는 것이 오히려 자연스러운 행동일 것입니다.

조상필과 피고인 손희재가 도주한 것은 말 그대로 피고인 남명재의 말에 따라 얼떨결에 한 것일 뿐, 거기에 고도의 계산된 사고가 있었다고 볼 수는 절대 없습니다.

조상필의 이 사건 법정 진술처럼 '조상필이 도주하다가 호남철도 밑 지점에서 기다린 점'이나, '조상필이 호남철도 밑 지점 부근부터는 뛰지 않았다는 점'에서 조상필은 아무 생각 없이 도주하였다는 점을 알 수 있습니다.

○ 조상필과 피고인 남명재와의 만남

조상필은 이 사건 법정에서 "피고인 남명재가 교도소에 한 차례 정도 면회를 왔고, 그때 남명재와 대화를 나누지 않았으며, 출소 후에도 만나지 않았다."라고 진술하여, 마치 자신이 정당한 죗값을 치른 듯한 태도를 보였습니다.

조상필의 성격상 오랜 친구에게 대놓고 유감을 표시하지는 않았지만, 조상필이 2010. 3. 17. 다시 수감 되기 직전인 2010. 3. 16. 자신의 이메일을 통해 남명재에게 자신이 입은 손해에 대한 배상을 요구한 것처럼, 조상필은 남명재에 대해 매우 깊은 마음의 상처가 있었습니다.

조상필이 이 사건 법정에서 "이 사건으로 좋았던 관계가 멀어졌고, 남명재를 만나고 싶지 않을 정도로 마음이 상했다."라는 취지로 진술한 것처럼 피고인 남명재에 대해 매우 좋지 않은 감정이 있습니다.

실제로 조상필에 대한 형사사건이 유죄로 확정됨에 따라 조상필은 다시 구속수감 되었고, 이에 피고인 남명재가 면회 가서 조상필을 만났는데, 아래 표와 같이 그 만남에서 나눈 대화를 보면 조상필이 얼마나 항소심 재판부를 원망하고 피고인 남명재를 탐탁하지 않게 생각했는지를 알 수 있습니다.

쪽수	증거 내용
2	지인과의 대화에서 '남명재가 운전자임'을 밝힘
4	상필이 "**아이고 죄를 졌어야지, 내가 환장하겠다니까.**"라고 말하자, 지인이 "그러니까. … 이 새끼가 명재란 놈이"라고 말함
11	상필이 "속이 터져 갖고 그러지요, 죄를 졌어야지 할 일이지."라고 말함
12	상필이 지인에게 "열 받으니까 그렇지"라고 하면서, 사건 당시 상필을 검거하였던 <u>의경 오창원을 만나보라고 요청하면서</u> "그건 빨리 알아봐야 돼, 그거 빨리 처리해야 해."라고 말함
13	지인이 "**대한민국에서 어떻게 운전도 안 한, 아니 안 한 놈을 어떻게 했다고 갖다가 잡아넣어, 나, 진짜 미친놈들이야, 전부다.**"라고 말하였고, 상필은 "**오창원이를 지금이라도 끌어들인다고 했거든. 그게 제일 유력하대.**"라고 말함
18	상필은 "끝났어. 어떻게 조질 거냐, 판사하고 경찰새끼들 그 문제거든.", "**운전할 줄도 모르고, 하지도 않은 놈이.**"라고 말하여 자신의 억울한 심정을 토로함
24	상필의 처는 "거기 찾아갔대.", "**그런데 그 사람(오창원) 그 아버지가 찾아올 것으로 예상하고 있었다는 듯이 그렇게 얘기 하면서… 그럼 진작에 찾아오지 그랬냐고 하면서… 그 머슴아(오창원)가 자기 아버지한테도 다 얘기했나봐, 자기가 증언을 그런 식으로 했다고 얘기했나 보지. 그렇게 하면 불이익이 자기한테 돌아오나, 안 돌아오나.**"라고 말한 것처럼, 오창원이 상필의 형사사건에서 한 법정 진술에 상당히 문제가 있었음을 오창원의 부친이 밝힘
27	상필은 "찾아올 줄 알고 있었대, 자기가 잘못 진술한 것은 알고 있어. 본인도, 오창원이도. 찾아올 줄 알고 있었다고 그러더래, 부모한테도 그런 얘기를 했다는 거야."라고 하여, 오창원의 법정 진술에 문제가 있음을 밝힘

28	명재가 "다른 거 또 필요한 것은 없어?"라고 말하자, 상필은 "… 분이 안 삭아서 열 받아서 있지."라고 말함
29	상필은 "무조건 전화할 때마다 녹취를 하라고 그래. 이 새끼들 때문에 그러는 거거든. 경찰들 때문에"라고 말하여 법정에서 진술한 경찰관들을 상당히 불신하고 있음을 표시함
30	상필은 "그러니까 나 지금, 분도 안, 내가 분이 안 가라앉았어. 아직도. 한 열흘 넘었는데.", "**판사도 나보고 꼬치꼬치 허위자백을 하라는 거야. 그러면 용서를 해주겠다는 거야. 허위 자백을 어떻게 하느냐고.**", "아주 답답하지. **그러니까 죄도 없이 와서 살고 있는 거야.**"라고 하여, 자신의 억울한 심정을 피력함
37	상필은 "이게 뭐 하는 짓이야. 명재가 해 줄 리도 없고.", "… 다른 얘기 하나? 엄청 약은 놈인데. 철저하게 당했는데."라고 하여, 남명재에 대해 상당히 섭섭한 감정을 드러냄
38	상필은 "… 무죄를 받아야 경찰새끼 옷 벗기고 판사 옷 벗기지. 무죄를 받아야 얘기가 되지."라고 말함
39	지인이 상필에게 "**호소를 해야지. 호소를**"이라고 말하자, 상필은 "**무슨, 잘못한 것이 있어야 호소를 하지.**"라고 말함
40	상필은 "변호사도 처음에는 저 새끼가 운전했나 이렇게 생각하고 있었다고. 지금 와서는 이게 진짜 아니거든?"이라고 말함
41	상필은 "… 오창원을 먼저 잡아야 돼. 오창원만 잡아 놓으면 새로운 증거가 들어가면 대법원에서 얘기가 되거든."이라고 말함
46	상필은 "오창원이라고 의경하다가 제대한 놈. 그 새끼들 나를 가라로 몰아넣은 거거든.", "그러니까 내가 분이 덜 가셨다고. 지금, 분이 덜 가셔 있는데…"라고 말함
49	상필은 명재에게 "… **내가 자꾸 울화가 치밀어서 안 되는데. 나도 여기 판결문이 와 있거든… 내가 읽다가 열이 받쳐갖고 못 읽고 못 읽고 그랬거든.**"이라고 말함

52	상필은 "그런데 (판사는 내가) 거짓말을 한다고 그러는 거야. 그러니까 반성을 하라는 거야. 내가 운전을 할 줄 알아야지 반성을 하지. 환장하겠어. 반성하라는데 문제는 운전을 했거나 운전을 할 줄 알아야지 반성을 하는 거지. 하지도 못하고 할 줄도 모르고 하지도 않은 놈한테 반성을 하라니. 반성을 하면 봐주겠대. 판사가 그 지랄해."라고 자신의 심경을 피력함
53	상필은 "… 운전도 할 줄도 모르는 놈을 갖다, 운전하지도 않은 놈을 갖다 음주 운전자로 몰아 가지고 거짓말한다고 몰고, 이게 대한민국, 이거 나쁜 놈들이지."라고 말함
65	지인이 "무슨 죄진 것도 아니고 그것 가지고 이렇게 6개월씩이나 들어가냐?"라고 말하자, 상필은 "몰라, 싸가지 없다고, 거짓말한다 그러는 거야. 내가 운전할 줄 모른다 그러니까 거짓말한다고 하는 거야. … 거짓말한다고 또 싸가지 없게 보는 거야… 변호사도 그렇게 생각을 하는 거야. 자기도 처음에는 운전하는 줄 알았대.", "… 그러니 내가 얼마나 억울하냐고…"라고 말함
76 77	상필은 "나는 뻔해. 반성 안 하고 나쁘다는 게 뭐냐면, 뻔히 다 알아. 알면서도 아주 완벽하게 빠져나가려 그런대. 서류상으로. 서류상으로 완벽하니까. 판사가 그따위 말을 하더라니까. 그러니까 열이 얼마나 받아."라고 말을 하였고, 지인이 "아니, 이상 없으면 당연히 무죄인데, 왜 그렇게…"라고 하자, 상필은 "짰다고 보는 거야. 니들 셋(명재, 희재, 상필)이 짜고 친다 이렇게 보는 거야."라고 말함
77	상필은 "왜 운전을 못 하느냐. 거짓말 마라 이거야 지금. 판사 입에서 심지어 어떤 말이 나오느냐 하면 아니, 반성하면 봐주겠대, 판사가 그래."라고 말하였고, 지인이 "차라리 그럼 반성한다고 해버리지 그랬어요."라고 말하자, 상필은 "아니, 운전할 줄도 모르고 하지도 않은 사람이 무슨 반성을 하느냐고 이렇게 얘기했어. 그랬는데 크게, 목소리 크게 얘기하는 것

	도 개네들한테는 그 죄가 적용된다네. 또, 고분고분하게 얘기 안 한다고."라고 말함
79	상필은 "… 명재도 어느 정도 책임이 상당히 크다고… 지금"라고 말하자, 지인은 "지 책임이 더 있지."라고 말함
86	상필은 "**친구들도 많이 사귀고 그랬는데, 그 친구(남명재)를 어떻게 잘못 사귀어 가지고, 자기 책임을 못 지는 친구를 사귀어 가지고. 자기가 책임을 져야 되는데, 자기가 책임을 안지려고 저렇게…**", "지금 너(명재) 때문에 이렇게 됐으니까 손해배상청구소송을 들어갈까 그러거든요. 지금."이라고 하여, 피고인 남명재에 대한 상당한 불만을 토로함

또한 이 사건에서 피고인 남명재가 구속수감 된 후 면회를 온 피고인 남명재의 지인들과의 대화를 보면 아래 표와 같이 이 사건의 진실을 알 수 있습니다.

쪽수	증거 내용
1	지인과의 대화에서 "사람이 열 받으면 피워지지 안 피워지겠어. 지금 내가 웃으니까 그렇지 이게 보통 열 받을 일이냐."라고 말함
3	형인 남재동과의 대화에서 "그거(항소이유서)를 내가 써야 되는지. 내용중에는 사실은 내가 잘못한 게 없으니까 반성을 하면서 '죄송하다. 미안하다.' 이런 말은 쓸 말이 없어, 내가."라고 말함
4-5	지인과의 대화에서 "마음 정리가 어디 있어. 씨바 열 받지. 열만 받고 그냥 아휴. (탄원서) 쓸 것도 없어."라고 말함
8	피고인의 형과의 대화에서 "결국은 포기가 간사해져. 포기가. 포기한다는 순간에 말 그대로 '빌어서라도 나가볼까' 이런 거. 그랬다가 '아니야. 이건 싸워야 돼.'라고 말함

11-12	지인과의 대화에서 "사실, 진짜 잘못했다라고 할 만한 건덕지가 있으면 얼른 '잘못했으니까'하고 용서를 구하면 되는데, 잘못했다고 할 게 있어야 잘못했다고 얘기를 하지.", "'잘못했다고 얘기를 해라' 주변에서 막 내용 모르는 사람들은 해.", "개네들(상필, 희재)도 전부 다 진술한 내용이 있고. 개네들(상필, 희재)도 거짓이 아닌 진실을 얘기했기 때문에 바꿀래야 바꿀 수도 없고. 바꾼다고 또 짜야 되잖아. 짜 맞춰야 되잖아."라고 말함
12	지인과의 대화에서 "개인자료에, 컴퓨터 보면 개인자료. 거기에 상필 게 있어. 상필. 거기 보면 손해배상청구내역이 있어. 이거를 작은 형을 주든지 변호사를 주라고 그래."라고 말함
13	피고인의 형이 "메일로 상필이가 너한테 돈 요구한 거."라고 말하자, 피고인은 "그 사람이 괜히 나한테 돈을 청구할 이유가 없잖아."라고 말하였고, 이에 피고인의 형은 "그러니까. 그래 진작에 이런 걸 자료제시를 하지 그랬어."라고 말함
16	피고인의 형이 "내가 상필이 만나보니까 상필이 진짜 억울하기 짝이 없더라. 말하자, 피고인은 "너무 억울해", "거기하고 희재하고 똑같은 거야. 억울하기로는"이라고 말함
19	지인과의 대화에서 "진술, 진술. 증인으로서 (상필이) 진술을 했는데, 이 사람이 위증죄가 걸릴 것 같아요. 내가 유죄를 받으면.", "위증죄가 걸릴 거야. 아마."라고 말함

○ 이 사건 당일 남명재와 통화를 한 문희명의 진술

  문희명은 다소 소심한 성격의 현직 공무원이자 경찰로서, 법정에서 동료 경찰관이 연루된 이 사건에 관하여 진술하는 것 자체에 상당한 부담을 느껴 사실을 일부 감추는 듯한 태도를 보인 것은 사실입니다.

그러나 중요한 것은 '이 사건 당일 피고인 남명재가 음주운전 단속에 대해 문희명에게 조언을 구했다'라는 점이고, 구체적인 부분에서 문희명의 진술에 다소 혼선이 있다고 해서 현직 경위인 그의 진술을 배척할 수는 없는 것입니다.

문희명은 당시 명절이라 고향에서 친구들과 술자리를 하고 있었고, 그런 상황에서 피고인 남명재의 전화를 받은 것이므로, '피고인 남명재로부터 전화가 왔었다'라는 사실을 명확히 기억할 뿐이고, '그 당시 구체적으로 피고인 남명재가 어떤 말을 하였는지'를 기억하기는 어려웠을 것입니다.

다. 피고인들 및 조상필 진술의 신빙성

아래의 점들을 보면 피고인들과 조상필의 진술 신빙성은 아주 높습니다.

○ 조상필의 검거 시 최초 진술 및 태도

조상필은 오창원에 의해 검거된 직후 음주 측정에 응하면서, 주취운전자 정황 진술서에 '운전한 사실 없음'이라고 자필로 기재하였고, 자신이 운전하지 않았음을 강하게 주장하여 음주 측정을 하는데 만

약 1시간 이상이 소요되었습니다.

조상필이 위와 같은 내용을 기재할 당시는 조상필은 남명재나 손희재와 아무런 접촉이 없는 상황이었고 그런 상황에서 자신 혼자의 판단으로 위와 같이 기재한 점과 통상 사건 직후의 최초 진술은 그 신빙성이 높은 점에서 위 진술서의 기재 내용은 상당히 믿을 만한 것입니다.

○ 피고인들 및 조상필 진술의 일관성

이 사건 피고인들과 조상필은 자신의 형사사건부터 이 사건에 이르기까지 수사단계로부터 공판단계까지 일관되게 진술해 왔고, 이들 3명의 진술에 상호 모순점은 거의 없습니다.

이 사건 직후 곧바로 조상필이 검거되어 이들 3명이 모여서 이 사건에 대해 협의할 시간이 없었음에도, 조상필을 비롯한 이 사건 피고인들의 진술은 거의 정확하게 일치하며, 시간이 흘러도 그 내용이 변하지 않은 점에서 이들 3명의 진술의 신빙성은 매우 높습니다.

○ 조상필의 손해배상 요구

조상필은 자신의 형사사건 상고심에서 잠시 보석으로 풀려났다가 2010. 3. 17. 다시 수감 되기 직전인 2010. 3. 16. 자신의 이메일 'sangpill@hanmail.net'을 통해 남명재의 이메일 'mj1141@hanmail.net'으로 자신이 입은 손해에 대한 배상을 요구하였습니다.

○ 검찰의 2008. 7. 23.자 통화내역 확인 보고

검찰이 확인한 이 사건 당일 조상필, 남명재, 손희재의 통화내역을 보면, 2008. 2. 6. 19:00 - 23:00경 사이에 각 통화내역 상의 기지국 위치는 조상필이 용문동 → 오정동 → 중촌동이고, 남명재는 은행동 → 오정동 → 중촌동 → 둔산동이며, 손희재는 은행동 → 오정동 → 중촌동이었습니다.

결국 이들 3명의 통화내역을 분석한 결과 이들의 통화 위치(기지국 기준)가 모두 오정동, 중촌동으로 동일한 것처럼, 이들 3명이 신석현 등 경찰의 주장과 달이 처음 술을 마신 대전 중구 은행동 소재 대한증권 대전지점에서 이 사건이 발생한 중촌동까지 같이 이동하였음을 알 수 있습니다.

한편, 조상필의 형사사건 1심 재판부에서는 "수사 기록의 통화내역 확인 보고에 의하면, 조상필, 남명재, 손희재의 이동 경로가 대체

로 일치한다."라고 「무죄이유」를 설시한바 있습니다.

　○ 이 사건 당시 조상필의 행태

　조상필이 음주운전을 하였고 스스로 판단하여 도주하였다면, 철길 밑 구부러진 도로 부분에서 멈추지도 않았을 것이고 또한 뚝방길에 접어들어 어슬렁거리지도 않았을 것인데, 조상필은 그렇게 하였습니다.

　오창원과 이 사건 승용차가 정차한 지점과는 상당한 거리가 있었기 때문에 조상필이 마음먹고 제대로 도주하였다면, 오창원이 뚝방길에서 조상필을 검거하기가 쉽지 않았을 것입니다.

　○ 조상필의 승용차 운전 능력

　대한증권 직장 동료들, 테니스 동호회 회원들, 사물놀이 모임 회원들, 그리고 조상필을 아는 친구들과 천동 지구대에서 근무하는 현직 경찰(전화번호 011-000-0000)인 최수인이 "조상필은 자동차 운전을 할 줄도 모르고, 자동차 운전을 하는 것도 보지 못하였다."라고 진술서를 제출하고 승언한 것처럼, 조상필은 주로 오토바이 운전을 하였고, 승용차를 운전한 적은 거의 없었습니다.

○ 피고인들 및 조상필의 사회적 지위와 전과 관계

- 피고인 남명재의 경우

남명재는 1983년도에 설립된 년 매출 23억 원의 양남기업의 부사장(전무)으로 약 25년간 근무하였고, 최근에 양남기업의 자회사인 ㈜홍남이 설립되어 그 회사의 사장으로 내정되었으며, 1988. 9. 30. 도로교통법 위반으로 벌금 30만 원, 2004. 2. 12. 음주운전으로 벌금 200만 원의 처벌을 받은 전력 이외에 다른 전과는 없고, 부인과 결혼하여 현재 대학원생인 딸과 고등학교 3학년생인 아들을 둔 한 가정의 아버지입니다.

이와같이 중소기업에서 나름대로 입지를 닦으면서 화목한 가정을 일구며 성실히 살아온 시민인 남명재가 음주운전 전과가 있는 가운데에서 '조상필이 운전한 것이고 남명재가 거짓말한 것이라고 반성하면 선처해 주겠다.'라는 검찰과 재판부의 회유에도 불구하고 일관되게 "운전한 것은 상필이 아닌 명재이다."라고 주장하는 것을 보면 남명재의 진술은 그 자체로 신빙성이 있습니다.

- 피고인 손희재의 경우

손희재 역시 가정주부이자 소시민으로서 범죄 전력 없이 성실히 살아온 손희재가 진실이 아닌 것을 진실이라고 거짓말을 할 이유는 전혀 없습니다.

- 피고인 조상필의 경우

1985. 9. 2.부터 대한증권에 입사하여 이 사건 당시 부장으로 근무하고 있었으며, 한남대 조교로 있는 딸과 한밭대 재학 중 군입대한 아들을 두고 있고, 도로교통법 위반죄(음주운전) 등 단 2차례의 벌금 전과만 있는 아주 평범한 가장으로서 성실히 살아왔습니다.

이러한 조상필이 어떤 특별한 이유도 없이 이 사건 승용차 운전자에 대해 허위의 진술을 계속하였다고 주장하는 것은 납득하기 어렵습니다.

4. 사건 관련인들의 진술 배경

가. 경찰관들의 진술 배경

이 사건에 관여하였던 경찰관들 특히 신석현 경사는 조상필 형사사건 이래 계속하여 같은 취지의 진술을 아주 구체적으로 하였고, 조상필 형사사건 항소심 재판부는 '현직 경찰관이 허위 진술할 이유가 없었다.'라고 판단하여 신석현 등의 진술을 그대로 믿었습니다.

이 사건 경찰관들이 사건 현장에서 조상필을 검거하였고 그 현장 주위에 남명재를 발견치 못하였기 때문에 신석현 등은 조상필을 음주 운전자로 단정하고 조상필에 대한 음주단속을 실시하였으나, 의외로 조상필은 자신이 음주 운전자가 아니라고 강하게 저항하면서 남명재와 손희재에게 수차례 전화 통화를 시도하였습니다.

이처럼 조상필이 음주 운전자임을 스스로 부정하자 단속 경찰관들은 음주 운전자 특정에 난항을 겪었고, 결국 조상필 주장의 음주 운전자인 남명재가 경찰서에 출석하지 않자 조상필을 음주 운전자로 특정하고 사건을 검찰로 송치한 것입니다.

따라서 조상필을 음주 운전자로 특정한 이상, 경찰관들의 입장에서는 자신의 음주 운전자 특정에 아무 문제가 없음을 진술을 통해 밝혔어야 했기 때문에 신석현 등은 자신들이 경험한 것을 다소 과장하여 피고인들에게 재판정 등에서 진술을 한 것입니다.

나. 피고인 남명재의 진술 배경

피고인 남명재는 조상필의 형사사건 이래 지금까지 계속하여 "내가 음주운전을 하였다."라고 일관되게 진술하고 있습니다.

이 사건은 피고인 남명재가 조상필 형사사건에서 한 진술이 거짓이라고 하여 제기된 것인데,

만일 '남명재'가 아닌 '조상필'이 음주운전을 한 것이 사실이라고 한다면 남명재의 입장에서, 자신이 음주운전을 하지도 않았는데 "내가 음주운전을 하였다."라고 주장할 「이유」나 「이익」을 찾아볼 길이 전혀 없습니다.

조상필 형사사건에서 남명재의 위와 같은 진술에 따라 조상필에게 무죄가 선고된다고 하더라도 남명재의 입장에서는 '친구가 혐의를 벗었다'라는 정신적 위안 이외에 형사적이나 민사적인 이익을 취득할 수 없었고,

더욱이 조상필의 형사사건이 대법원에서 확정되어 조상필이 음주운전 죄로 형사처벌이 종료된 상황에서 또다시 이 사건에서 '누가 뭐라고 해도 남명재가 운전한 것이다'라고 우직하게 진술하여 얻을 법적 이익이나 이유는 전무 합니다.

조상필 형사사건 항소심에서 재판부가 "조상필은 교묘하게 진실을 호도하고 있다. 다음에는 신변을 정리하고 법정에 출두하라."라고 하는 등 남명재와 조상필에게 강한 의구심을 표시하였는데, 이에도 불구하고 이들은 계속하여 "남명재가 음주운전 한 것이 맞다."라고

진술을 한 것은 상당한 의미가 있습니다.

다. 조상필의 진술 배경

조상필은 대법원에서 확정판결 된 내용과 정면으로 배치되게, "이 사건 승용차를 운전한 것은 남명재이다."라고 2010. 5. 27. 이 사건 원심 제5회 공판에서 법정 진술을 하였고, 항소심에서도 똑같은 취지의 진술을 하였습니다.

위증죄로 또다시 처벌될 것을 알면서도 조상필이 자신이 처벌받은 형사사건의 결론과 정반대의 진술을 법정에서 하였다는 것은 자신의 형사사건 결론이 완벽히 잘못된 것이라고 온몸으로 웅변하는 것입니다.

5. 소결론

이 사건에 관해 신석현 등 경찰관들과 피고인들 및 조상필의 각 진술이 서로 상치되는 부분이 많은데,
앞서 본 바와 같이 신석현 등 경찰관의 진술은 객관적이고 과학적인 사실에 비추어 매우 모호하고 부정확하여 그 진술의 핵심에 상당한 문제가 있는 반 면에,

피고인들 및 조상필의 진술은 일부 지엽적이고 심리적인 부분에 대해 다소 모호한 측면이 있으나, 진술의 핵심에 있어서 큰 문제가 없고 일관성이 있습니다.

■ 음주운전자 특정 방법

통상
① 해당자가 운전석에 앉아 있는 경우에는 그 해당자가 운전자로 특정되는 것이고,
② 해당자가 운전석을 이탈하여 도주하는 때에는, 도주자의 운전석 이탈 순간의 인상착의를 경찰이 정확히 파악하고 그 파악된 인상착의에 일치하는 자가 검거될 경우, 그자가 운전자로 특정되는 것이며,
③ 도주할 당시 경찰이 도주자의 인상착의를 정확히 파악하지 못하였을 경우, 도주자에 대한 경찰의 추격이 단 한 차례의 단절도 없이 이루어진 상태에서 그대로 도주자가 검거되어 그 검거된 자가 운전자로 특정됩니다.

특히 ③의 경우, 추격하는 경찰이 도주자에 대한 시야를 놓쳐 추격에 단절이 발생한다면, 도주자 이외에 다른 사람이 경찰의 추격 과정에 개입될 개연성이 존재하므로, 경찰의 추격에 단절이 있어서는 안 되는 것입니다.

그런데 조상필의 형사사건 항소심 재판부(대전지방법원 2008노3386호)는, 추격하였던 의경 오창원이 "잠시 시야를 놓쳐 도주자가 바뀔 가능성이 있었다."라고 진술하였음에도, 신석현의 "운전석에서 내린 사람은 검은색 파카를 입은 뚱뚱한 사람이었다."라는 진술을 바탕으로 도주자의 인상착의가 분명히 드러난 이상, 의경 오창원이 잠시 시야를 놓쳤다고 하더라도 도주자가 바뀐 것이 아니라고 판단하였습니다.

즉, 위 형사사건 항소심 재판부는 신석현의 진술이 맞다는 것을 전제로 이 사건 운전자의 특정을 위 ②의 방법으로 한 것인데, 이 사건 야간 현장검증에서 밝혀진 바와 같이 이 사건에 있어서는 인간의 눈으로는 도주자의 인상착의를 전혀 식별할 수 없으므로, 위 ②의 방법으로 운전자를 특정할 수 없고, 위 ③의 방법으로 운전자를 특정하였어야 할 것입니다.

■ 원심 검증조서의 문제점

원심에서는 야간 현장검증을 하면서 검증의 목적을 "음주단속 지점으로부터 피고인 등이 음주운전 단속을 피하려고 차를 주차한 장소까지 육안으로 차에서 내린 피고인 등의 식별 가능 여부"라고 분명히 하였습니다.

이는 조상필에 대한 형사 항소심 재판부가 "음주단속 지점에서 육안으로 차량에서 내린 피고인 등의 인상착의를 정확히 식별할 수 있었다"라는 것을 전제로 조상필을 운전자로 지목했기 때문이었습니다.

실제 야간 현장검증 결과 음주단속 지점에서 육안으로 차량에서 내린 사람의 인상착의는 물론 사람이 내렸는지도 쉽게 식별되지 않는다는 것을 검증에 임한 재판장, 배석판사, 공판 검사 전부 확인하였음에도,

어찌 된 일인지 원심의 검증조서에는 위와 같은 결과에 대해 아무런 기재도 하지 않은 채 지엽적인 다른 사항만 검증의 결과라고 제시하고 있습니다.

(검증조서에 첨부된 별첨 3 내지 9 사진의 영상 및 피고인 제출의 증 제6호증의 1, 2를 보면 이 사실을 알 수 있습니다.)

결국 원심은 검증을 통해 조상필에 대한 형사사건의 판단에 중대한 하자가 있음을 밝혔음에도 이를 조서로 남기지 않은 채 섣불리 대법원에서 확정된 판결을 그대로 습용(襲用)한 것입니다.

■ 결어

형사재판에 있어 유죄의 인정은 법관으로 하여 합리적 의심을 할

여지가 없을 정도로 공소사실이 진실한 것이라는 확신이 들게 하는 증명력을 가진 증거에 의하여야 하므로 그와 같은 증거가 없다면 설령 피고인에게 유죄의 의심이 간다고 하더라도 피고인의 이익으로 판단할 수밖에 없고,

나아가 형사재판에 있어서 이와 관련된 다른 형사사건 등의 확정판결에서 인정된 사실은 특별 사정이 없는 한 유력한 증거자료가 되는 것이나, 당해 형사재판에서 제출된 다른 증거 내용에 비추어 관련 형사사건의 확정판결에서의 사실 판단을 그대로 채용하기 어렵다고 인정될 경우, 이를 배척할 수 있다는 것이 대법원의 확립된 판례입니다.

자신들의 기존 진술을 유지하기 위해 개관적인 사실마저 왜곡하는 신석현 등의 진술을 바탕으로 피고인들에게 유죄를 선고하는 것이 "의심스러울 때는 피고인의 이익으로"라는 우리 형사소송법의 대원칙에 충실한 것인지, 아니면 또 다른 처벌을 감수해 가면서 끊임없이 종전의 상황을 고수하는 선량하고 평범한 소시민들인 피고인들 및 조상필의 진술을 믿는 것이 정의에 부합하는 것인지 현명하게 판단하시어, 원심을 파기하여 주시기 바랍니다.

……

얼마 후 검사의 답변서가 도착했는데, 5장 정도 분량으로 너무나 간단했다.

이미 대법원판결에서 확정된 내용이고, 관련 증거들에 의하면 원심판결은 적법하고 충분히 수긍이 가는 내용이라서 이 사건 상고는 기각되어야 한다는 것이었다.

두 변호사는 검사의 답변서에 대응하여 다음과 같이 상고이유 보충서를 제출했다.

......

1. 원심에서 드러난 객관적인 증거자료에 대하여

이 사건 원심에서는 이전 조상필에 대한 형사사건 내지는 이 사건 1심에서와 달리 '이 사건 운전을 한 사람은 조상필이 아닌 남명재이다.'라는 점을 입증하여 조상필에 대한 형사사건 결론을 결정적으로 반박할 만한 객관적인 증거자료가 아래에서와 같이 현출(現出)되었는데, 원심은 이를 판단조차 하지 않은 채 대법원에서 확정된 조상필에 대한 형사사건의 결론에 따라 피고인들의 혐의를 인정하였습니다.

가. 야간 현장검증 결과 및 증 제6호증, 증 제7호증

'이 사건 운전을 한 사람은 남명재가 아닌 조상필이다.'라는 결론에 이른 조상필 형사사건(대법원 2009도0000 및 그 원심인 대전지방법원 2008노0000호)의 중요한 판단 근거는

- 사건 당일인 2008. 2. 6. 22:05경 음주단속 지점에서 약 80여 미터 떨어진 지점에서 차량이 정차한 후 운전석에서 남자 1명이, 조수석에서 여자 1명이 내린 점,
- 운전석에서 내린 남자는 뚱뚱한 남자였고, 오창원 의경이 위 남자를 주시하여 추격한 점,
- 오창원이 도로 구조로 인해 잠시 시야를 놓친 후 붙잡은 사람이 뚱뚱한 체격의 조상필인 점,
- 사건 당시 남명재는 회색 니트 상의와 검은색 바지를 입고 있었고, 조상필은 검은색 계통의 점퍼를 입고 있었던 점,
- 남명재는 키가 174cm, 몸무게가 63kg이고, 조상필은 키가 171cm, 몸무게가 80kg으로 오창원이 남명재와 조상필을 혼동할 가능성은 없는 점

입니다.

이러한 조상필 형사사건의 판단 근거는 단속 경찰관이 야간인 당시 사건 현장에서 조상필과 남명재를 명확히 구분할 수 있다는 것이었는데,

이러한 점은 이 사건 원심에서 드러난 객관적 증거자료에 의하면

도저히 인정할 수 없는 것입니다.

1) 야간 현장검증 결과

상고이유서에서 밝혔듯이 이 사건 원심에서 실시된 야간 현장검증의 목적은 위와 같이 '야간에 이 사건 현장에서 정차된 차량에서 내린 사람들의 인상착의 등을 나안(裸眼)으로 파악할 수 있는 것인가'에 있었고, 실제 야간 현장검증 당시 담당 재판부나 공판 검사는 이를 확인 하였고 결론은 '단속 경찰관의 입장에서 차량에서 내린 사람들의 인상착의를 식별하는 것은 불가능 한 것이다.'였습니다.

이러한 점은 검증조서에 첨부된 별첨 3 내지 9의 영상으로 보더라도 명확한 것인데, 원심은 현장검증의 목적을 명확히 검증조서에 설시하였고 그 목적을 달성하였음에도 어찌 된 일인지 이에 관한 내용을 검증조서에 전혀 남기지 않았습니다.

2) 증 제6호증 및 증 제7호증

증 제6호증 및 증 제7호증의 영상에 의하더라도 위 검증 결과와 마찬가지로 단속 경찰관이 차량에서 하차한 사람들의 인상착의를 식별하는 것은 거의 불가능함을 알 수 있습니다.

나. 구속수감 된 조상필의 심정 상태를 표출한 자료

조상필에 대한 항소심 재판부는 무죄를 선고한 1심을 파기하면서 '음주운전을 하였으면서 교묘하게 발뺌하고 있다'라는 이유로 대한증권 직원이었던 조상필을 구속수감 하였고, 이에 조상필은 재판부에 대해 극도의 분노감을 표시하였습니다.

아울러 남명재가 사건 당일 조상필의 호출에 응하여 사건 현장에 다시 나타났다면 사건이 이렇게 잘못되지 않았을 것으로 생각하면서 조상필은 음주운전을 실제 하였던 남명재에 대해서도 심한 야속한 감정을 감추지 않았습니다.

1) 증 제10호증
조상필은 위와 같이 구속수감 된 직후 교도소에서의 면회 과정에서 "대한민국에서 운전도 안 한 놈을 잡아넣어. 진짜 미친놈들이다."라는 등 격한 어조로 재판부에 대한 분노감을 표출하였습니다.

또한 "명재가 책임져야 하는데... 명재 때문에 이렇게 되었으니 손해배상청구를 해야겠다."라고 하면서 남명재에 대한 원망의 의사를 표명하였습니다.

진실로 조상필이 운전하였다면 수십 차례에 걸쳐 밀폐된 교도소의 면회실에서 위와 같은 심하고 격한 발언을 하지는 않았을 것인데,

원심은 이러한 점을 전혀 고려하지 않았습니다.

2) 증 제1호증

조상필은 출소 후 남명재를 만나지도 않으면서 남명재에게 2,490만 원의 손해배상을 하라는 이메일을 보내어 남명재에 대한 야속한 감정을 표명하였습니다.

다. 증인 문희명의 증언 및 증 제8호증

현직 경찰관인 증인 문희명은 이 사건 증인으로 출석하여 "이 사건 당시 시골에서 명절을 보내고 있었는데, 밤에 남명재로부터 '음주단속을 피해 도망쳤다. 어떻게 하면 좋겠느냐?'라는 전화를 받고 '걱정하지 마라. 알아봐 주겠다.'라고 답하였다."라고 증언하였습니다.

조상필에 대한 형사사건 항소심에서는 '이 사건 현장에 남명재가 없었다.'라는 전제하여 결론을 내렸는데, 현직 경찰관의 위와 같은 증언을 보면 위 항소심 결론에 큰 문제가 있음을 알 수 있습니다.

라. 증인 신석현의 위증 (증 제9호증의 1, 2)

이 사건 음주단속을 하였던 경찰관 신석현은 원심 현장검증 시 굵은 환기통이 있어서 신석현이 서 있던 자리에서 피고인들의 정차한 차량의 동태를 제대로 파악하기 어려운 것이 드러나자, "이 사건 당시에는 저 굵은 환기통은 없었기 때문에 피고인들의 차량 동태를 정확히 파악할 수 있었다."라고 스스로 진술하였습니다.

그러나 증 제9호증의 1, 2를 보면 신석현이 지목한 위 환기통은 1986경 설치된 것으로 이 사건 당시에도 분명히 있었는바, 신석현은 자신의 허술한 진술을 스스로 보강하기 위해 위와 같이 위증하였음을 알 수 있습니다.

마. 검찰의 구석명 미이행

검찰이 2008. 7. 23. 확인한 이 사건 당일 조상필, 남명재, 손희재의 통화내역을 보면, 2008. 2. 6. 19:00 - 23:00경 사이에 각 통화내역상의 기지국 위치는 조상필이 용문동 → 오정동 → 중촌동이고, 남명재는 은행동 → 오정동 → 중촌동 → 둔산동이며, 손희재는 은행동 → 오정동 → 중촌동이었습니다.

결국 이들 3명의 통화내역을 분석한 결과 이들의 통화 위치(기지국 기준)는 모두 오정동, 중촌동으로 동일한 것처럼, 이들 3명이 신석현 등 경찰의 주장과 달리 처음 술을 마신 대전 중구 은행동 대한증권 대전지점에서 이 사건이 발생한 중촌동까지 함께 이동하였음을 알 수 있습니다.

검찰이 확보하였을 '통화상세내역'을 보면 통화 기지국을 통해 피고인들 및 조상필의 위치를 좀 더 정확히 파악할 수 있을 것이고, 나아가 검거 당시 조상필이 남명재와 통화를 하였는지, 남명재가 손희재 및 뒤에서 살피는 바와 같이 경찰관 문희명과 통화를 하였는지 확인할 수 있을 것이고, 이를 통해 피고인들 및 조상필 진술의 신빙성 여부를 확인할 수 있을 것이어서, 피고인들의 요청에 따라 원심 재판부는 담당 검사에게 위에 관한 석명(釋明)을 구하였는데, 담당 검사는 "자료가 없다."라고 하여 구석명에 응하지 않았습니다.

통상 검찰에서 통화내역 확인 보고를 하면, 통신사로부터 입수한 통화내역에 관한 상세자료를 첨부하는 것이 일반적인데, 검찰은 이상하게 상세 통화내역에 관한 자료를 빠뜨린 채 '특이한 점이 없다.'라는 보고만 한 것은 매우 이례적이고, 또한 원심의 구석명에 응하지 않은 것은 고의로 사건을 은폐하기 위한 시도를 한 것이 아닌가 하는 의심이 듭니다.

바. 조상필의 운전 능력에 관한 자료 (증 제2호증의 1내지 8)

조상필을 잘 알고 있는 수백명의 사람들은 "조상필이 자동차 운전을 할 줄도 모르고 자전거를 이용하여 출퇴근하였다."라는 사실확인을 하였는데, 원심은 이를 완전히 무시하였습니다.

사. 이 사건 차량의 소유자 등에 관한 자료 (증 제3호증의 1, 2)

이 사건 차량의 소유자는 남명재의 모친이고, 피보험자는 남명재로 되어 있는 것처럼 이 사건 차량은 평소 남명재가 운전하던 것이었는데, 모두 술을 마신 상태에서 운전경력도 별로 없던 조상필이 남명재를 대신하여 이 사건 차량을 운전하였다는 것은 상식적으로 납득가지 않음에도, 원심은 이러한 점을 간과한 채 피고인들에게 유죄 판결을 내렸습니다.

아. 피고인들 및 조상필의 사회적 지위와 전과 관계에 관한 자료

이 사건 피고인들 및 조상필의 사회적 지위와 전과 관계를 보면 과연 피고인들이 조상필에 대한 형사사건부터 이 사건에 이르기까지 구속수감을 감수하면서 거짓 진술을 하였다고 보기 매우 어렵습니다.

1) 피고인 남명재의 경우 (증 제4호증의 1, 2)
남명재는 1983년도에 설립된 년 매출 23억 원의 양남기업의 부

사장(전무)으로 약 25년간 근무하였고, 최근에 양남기업의 자회사인 ㈜홍남이 설립되어 그 회사의 사장으로 내정되었으며, 1988. 9. 30. 도로교통법 위반으로 벌금 30만 원, 2004. 2. 12. 음주운전으로 벌금 200만 원의 처벌을 받은 전력 이외에 다른 전과는 없고, 부인과 결혼하여 현재 대학원생인 딸과 고등학교 3학년생인 아들을 둔 한 가정의 아버지입니다.

이 와 같이 중소기업에서 나름의 입지를 닦으면서 화목한 가정을 일구며 성실히 살아온 시민인 남명재가 음주운전 전과가 있는 가운데에서 '조상필이 운전한 것이고 남명재가 거짓말한 것이라고 반성하면 선처해 주겠다.'라는 검찰과 재판부의 회유에도 불구하고 일관되게 "운전한 것은 상필이 아닌 명재이다."라고 주장하는 것을 보면 남명재의 진술은 그 자체로 신빙성이 있습니다.

2) 피고인 손희재의 경우
가정주부이자 소시민으로서, 범죄 전력 없이 성실히 살아온 손희재 역시 진실이 아닌 것을 진실이라고 거짓말을 할 이유는 전혀 없습니다.

3) 조상필의 경우
1985. 9. 2.부터 대한증권에 입사하여 현재 부장으로 근무하고 있

었으며, 한남대 조교로 있는 딸과 한밭대 재학 중 군입대한 아들을 두고 있고, 도로교통법 위반죄(음주운전) 등 단 2차례의 벌금 전과만 있는 아주 평범한 가장으로서 성실히 살아왔습니다.

이러한 조상필이 어떤 특별한 이유도 없이 이 사건 승용차 운전자에 대해 허위의 진술을 계속하였다고 주장하는 것은 납득하기 어렵습니다.

조상필은 이 사건으로 말미암아 23년간 몸담았던 대한증권에서 2008. 7. 31. 해임되었습니다.

2. 조상필의 형사사건에서의 항소심 재판부 판단에 관하여

조상필에 대한 음주운전 형사사건의 항소심 재판부(대전지방법원 2008노0000호)는 여러 가지 사유를 들어 '조상필에 대해 무죄를 선고'한 1심의 판단을 뒤집고 조상필에 대해 징역 6월의 실형을 선고하였는데, 아래에서 보는 바와 같이 항소심 재판부가 든 사유는 여러 모로 납득하기 어렵습니다. 위 형사사건 항소심의 이유 및 결론은 대법원에서 그대로 유지되었고, 이 사건 원심의 판결에도 상당 부분 반영되었습니다.

가. 신석현이 80m 전방의 승용차에서 2명이 하차했다고 진술한 점

앞서 살펴본 바와 같이 이 사건 1심 및 원심의 현장검증 결과 신석현과 승용차 간의 거리는 신석현의 주장에 의하면 120m 또는 119m(피고인들 주장에 의하면 170m 또는 169m)였으므로, 항소심 재판부가 사실인정 한 '80m'는 크게 잘못된 것입니다.

또한 120m이든 170m이든 그 거리에서 신석현이 있던 위치에서는 육안으로 하차하는 사람의 체격이나 성별을 구분하는 것은 불가능하므로, 철저하게 신석현의 진술에 의존한 위 사실인정은 잘못되었습니다.

나. 추적하던 오창원이 3초간 시야를 놓쳤다가 다시 조상필을 검거한 점

상고이유서에서 자세히 밝힌 바와 같이 오창원과 피고인들 사이의 거리와 철길 밑 구부러진 도로 부분까지의 거리를 살펴보았을 때, 오창원이 3초간 시야를 놓쳤다고 볼 수 없습니다.

다. 신석현이 차에서 내린 남자는 검은색 점퍼를 입은 뚱뚱한 남자라고 진술한 점

상고이유서 및 앞서 본 바와 같이 신석현이 있던 자리에서 하차하

는 사람의 신체 특성이나 옷 색깔을 구분하는 것은 100% 불가능합니다.

라. 남명재는 회색 니트 상의를 입고 있었고, 조상필은 검은색 점퍼를 입고 있었으며, 남명재(키 174cm, 몸무게 63kg)는 조상필(키 171cm, 몸무게 80kg)보다 호리호리한 체형이어서 오창원이 남명재와 조상필을 혼동할 가능성이 없어 보이는 점

상고이유서 및 앞서 본 바와 같이 어두운 거리에서 전조등이 비추는 상황에서 120m 이상 떨어진 거리에서 남명재와 조상필을 혼동할 가능성은 없어 보이는 것이 아니라 100% 있어 보입니다.

마. 남명재가 조상필과의 통화 후 단속 현장에 오지 않은 점

남명재는 조상필과의 통화 후 현장에 갈 생각도 있었는데, 자신이 아는 경찰관 문희명에게 전화하여 문의하였을 때, 문희명이 "다음에 가도 된다."라고 조언하여, 그에 따른 것일 뿐이므로, 단지 단속 현장에 남명재가 오지 않았다고 해서 남명재의 진술이 허위라고 할 수 없습니다.

남명재가 경찰서로 가지 않은 것은 오히려 남명재가 음주운전을 한 것이라는 강한 반증이라 할 것이지, 남명재 진술의 신빙성을 의심

할 근거가 될 수 없습니다.

바. 남명재는 '조상필과 같이 뛰어가다가 다시 돌아와 차를 옹벽 쪽에 세우고, 문을 열어주어 손희재를 나오게 하였다.'라고 진술하나 당시의 급박한 상황에 비추어 볼 때 상식적으로 납득가지 않는 점

남명재는 음주운전을 하다가 전방 약 170~180m에서 음주 단속하는 것을 보고 '도망가자'라고 하고 급하게 하차하였는데 술에 취한 손희재가 차 문을 제대로 열지 못하여 하차하지 못하였고, 자신이 급하게 정차하다 보니 편도 2차로에 차가 정차되어 있어서 다른 차량에 문제가 될 것 같아, 다시 돌아가 위와 같은 행동을 하였을 뿐입니다.

당시 남명재의 마음이 급한 것은 사실이나, 남명재는 저 멀리서 경찰관이 자신을 추격하는지 전혀 인식하지 못한 상태였기 때문에 위 항소심 재판부 판단과 같이 '그렇게 급박한 상황'은 아니었으므로 위와 같은 행동을 취한 것입니다.

특히 신석현과 오창원의 기존 진술에 의하면 '승용차에서 남자 1명과 여자 1명(손희재)이 하차한 이후 오창원의 추격이 개시되었다'라고 할 것이므로, 위 경찰관의 진술에 의하면 남명재가 다시 승용차로 돌아가 손희재를 나오게 한 이후 오창원의 추격이 시작되었다고

볼 것입니다.

그렇다면 최소한 남명재가 승용차로 되돌아가서 승용차의 문을 열어 손희재를 하차시킬 때까지는 어떤 경찰관의 추격도 인지하지 못할 상황이었으므로 위 항소심 판단과 달리 남명재의 입장에서는 그다지 급박함을 인식할 상황이 아니었으므로, 위 항소심의 판단은 사실을 임의로 구성하여 억지 추측을 한 것에 불과하다고 할 것입니다.

사. 남명재가 뒤늦게 도망하였다면, 오창원이 남명재를 검거하였을 것인데 조상필을 검거하였고 조상필이 도주할 뚜렷한 이유가 없는 점

앞서 본 바아 같이 조상필은 먼지 도주하다가 남녕재가 따라오지 않아 '철길 밑 구부러진 도로'의 시작 부분에서 기다리고 있었고, 또한 얼떨결에 남명재가 말한 대로 도주하기는 하였는데 '내가 왜 도망치지'라는 생각이 들어, 계속 도주하는 남명재와 달리 천천히 뚝방길을 걸었기 때문에 오창원이 남명재가 아닌 조상필을 검거하였을 뿐입니다.

3. 결론

이 사건에 관하여는 '합리적 의심을 할 여지가 없을 정도로 공소

사실이 진실한 것이라는 확신이 들게 하는 증명력을 가진 증거'가 없다 할 것입니다.

의심스러울 경우에는 피고인의 이익으로 판단하여야 합니다.

······

그러나 아무도 기대하거나 기다리지는 않았다.

그저 최선을 다했다는 것밖에는 얻을 것이 없어 보였다.

동재는 하루가 멀다고 강경교도소로 향했다.

명재가 족저근막염이 심해져 다리를 움직일 수조차 없이 고통스러워했기 때문이었다.

교도소에 근무하는 의사가 하루빨리 수술받아야 한다고 난리였다.

이제 몇 주만 기다리면 만기 출소일인데, 명재는 참을 수 없었던지 자꾸만 고통을 호소했다.

더구나 11월 13일 노모의 생일도 있었다.

눈치를 챘는지 87세 된 노모가 난리였다.

"명재는 출장 가서 아직 안 돌아왔냐?"

양 변호사는 어렵다고 생각하면서 의사의 소견서를 받아 구속집행정지신청(拘束執行停止申請)을 했다.

11월 2일 극적으로 구속집행이 정지되어 명재는 사설병원으로 후

송되어 수술받았다.

그 사이 노모의 생일에 명재는 어머니에게 전화를 걸었다.
"어머니! 저 몇 주만 있으면 출장 마치고 돌아가니 걱정하지 마시고 잘 지내세요!"
"그래 막내야! 잘 다녀와라! 아무리 바빠도 끼니 거르지 말고 항상 차 조심하고 술 너무 많이 마시지 말고……."
전화 통화를 한 후 노모는 걱정을 덜었겠지만, 명재는 맘이 편치 않았다.

내일모레면 50인 아들한테 녹음기처럼 반복하는 어머니 당부의 주제가 '밥, 차, 술'이었는데, 결국 그 말씀을 따르지 않아 이렇게 어려움을 겪고 있다고 생각하니 수술받은 발보다 마음이 더 아파서 눈물이 났다.

수술후유증으로 구속집행정지가 연장되는 사이 선고기일이 11월 24일로 지정되었다.

변호사들은 기대하고 기다리라고 말했지만, 뻔한 결과라 생각하며 동재나 명재는 이미 포기한 마음으로 선고일만 기다리고 있었다.

드디어 선고기일이었다.
대법원 소법정에 들어선 네 명의 대법관 중에서 가운데 누군가가 판결문을 낭독하고 있었다.

"2011도00000호 피고인 남명재, 손희재에 대한 판결을 선고합니다."

주문

원심을 파기하고, 사건을 대전지방법원 본원 합의부로 환송한다.

이유

상고이유를 판단한다.

원심판결 이유에 의하면, 원심은 피고인들이 조상필에 대하여 '2008. 2. 6. 22:05경 혈중알콜농도 0,091%의 술에 취한 상태로 대전 중구 중촌동 소재 삼육주유소 앞 도로에서 06수0000호 그랜저 승용차(이하, '이 사건 승용차'라 한다)를 운전하였다'라는 내용으로 공소 제기된 대전지방법원 2008고단0000호 사건의 증인으로 출석하여 선서하고 증언 함에 있어, 사실은 위 일시에 이 사건 승용차를 운전한 사람은 피고인 남명재가 맞다고 기억에 반하는 허위 진술하여 위증하였다는 이 사건 공소사실에 대하여, 당시 단속 경관인 신석현, 오창원의 진술 내용 및 조성필에 대한 위 형사사건의 항소심에서 유죄 판결이 선고되고 그에 대한 조상필의 상고가 대법원에서 기각됨으로써 유죄 판결이 확정된 사정 등에 비추어 그 범죄의 증명이 있다는 이유를 들어, 이를 유죄로 본 제1심의 결론이 정당하다고 판단하였다.

그러나 원심의 위와 같은 판단은 다음과 같은 이유로 수긍하기 어렵다.

형사재판에 있어 유죄의 인정은 법관으로 하여 합리적 의심을 할 여지가 없을 정도로 공소사실이 진실한 것이라는 확신이 들게 하는 증명력을 가진 증거에 의하여야 하므로 그와 같은 증거가 없다면 설령 피고인에게 유죄의 의심이 간다고 하더라도 피고인의 이익으로 판단할 수밖에 없고(대법원 1996. 3. 8. 선고 95도3081 판결 등 참조), 형사재판에 있어서 이와 관련된 다른 형사사건 등의 확정판결에서 인정된 사실은 특별한 사정이 없는 한 유력한 증거자료가 되는 것이나, 당해 형사재판에서 제출된 다른 증거 내용에 비추어 관련 형사사건의 확정판결에서의 사실판단을 그대로 채용하기 어렵다고 인정될 경우는 이를 배척할 수 있다고 할 것이다(대법원 2000. 2. 25. 선고 99다55472 판결, 대법원 2002. 10. 25. 선고 2002도3328 판결 등 참조).

원심은 이 사건 공소사실에 대한 유죄의 증거로서 조상필에 대한 위 도로교통법 위반(음주운전) 사건의 항소심 판결과 신석현, 오창원의 진술 내용을 들고 있는바, 위 항소심 판결에 의하면, 2008. 2. 6. 21:00경부터 대전 중구 중촌동 소재 삼육주유소 앞 하상도로에서 경찰관 3명 및 의경 8명이 음주단속을 하였고, 같은 날 22:05경 단속 경찰관인 신석현이 단속 현장으로부터 약 80m 전방에서 단속장소 쪽으로 진행하여 오던 이 사건 승용차가 진행 방향 도로 좌측 부분의 갓길로 이동하여 정차하는 것을 발견하고 음주단속을 회피하기 위한 차량으로 의심하여 곧바로 당시 도로 맞은편에서 단속업무를 보조하던 의경 오창원에게 쫓아가 확인해보라고 지시하였으며, 그 지시에 따라 오창원이 도로 진행 방향 좌측 갓길 부분(오창원의 관찰 방향에서는 도로 우측 갓길 부분에 해당한다.)에 정차해 있던 위 차량을 계속 응시하면서 달려갔는데, 마침 위 차량의 전조등이 꺼지면서 운전석에서 남자 1명이, 조수석 쪽에서 여자 1명(피고인 손희재)이 내렸고, 운전석에서 뚱뚱한 체격의 남자가 내려서 도주하자, 오창원은 도로를 가로질러 그 남자를 계속 추격하였으며, 그러던 중 호남철도 아래쪽으로 교각 옆을 지나 위쪽 천변 도로로 완만한 "ㄴ"형으로 꺾여있는 부분에서 그 남자와 오창원의 추격 거리가 약간 벌어져 있고 도로 구조가 꺾여있는 상태이어서 오창원이 잠시 그 남자의 모습을 놓쳤다가 그 남자의 도주로 방향으로 따라가면서 약 3초 후에 곧바로 그 남자를 발견하고 계속 추적하여 중촌동 주택가 골목길 안에서 그 남자의 도주를 저지하고 그들 상대로 음주 사실을 확인한 후 혈중알콜농도를 측정한 결과 0.091%가 나왔는데, 바로 그 사람이 조상필이었다는 것이다.

그런데, 원심이 인정한 사실관계에 의하면, 신석현이 이 사건 승용차가 갓길로 이동하여 정차하는 것을 발견하였다는 정소는 단속 현장으로부터 80m 전방 지점이 아니라 약 119m~169m 떨어진 곳이라는 것이어서 이 부분에 대한 조상필에 대한 형사사건에서의 사실인정과 큰 차이가 있을 뿐만 아니라, 피고인 남명재(키 174cm, 몸무게 63kg)와 조상필(키 171cm, 몸무게 80kg)은 다소 체형의 차이가 있고 사고 당시 각각 회색 니트 상의와 검은색 계통의 점퍼를 입고 있어 옷차림이 다르기는 하나, 이 사건 당시가 야간이고 옷차림이 두꺼운 겨울이라는 점을 고려하면, 아무리 좋은 시력을 가진 사람이라고 하더라도 119m~169m 전방에 있는 승용차에서 내리는 사람의 성별이나 체격, 옷차림을 육안으로 쉽게 식별할 수 있는지 의문이 가지 않을 수 없다.

또한 신석현과 오창원은 이 사건 승용차에서 내린 사람은 조수석 쪽에서 여자 1명, 운전석 쪽에서 남자 1명이 내렸을 뿐이라고 진술하고 있는 점에 관하여 보면, 이 점에 관한 피고인들의 변소 내용은 피고인들 및 조상필이 조상필의 직장인 은행동 근처 식당에서 함께 술을 마신 후, 대전 서구 둔산동 쪽으로 이동하기 위하여 조상필이 조수석에, 피고인 손희재가 조수석 뒷자리에 동승한 상태에서 피고인 남명재가 이 사건 승용차를 운전하여 사고 장소까지 이동하여 오다가, 전방에서 음주단속 하는 것을 발견하고 피고인 남명재가 자리를 피하자고 하여 일행은 급하게 차에서 내려 도망하게 되었는데, 피고인 손희재가 차 문을 제대로 열지 못하여 하차하지 못한 채로 있자, 피고인 남명재가 이 사건 승용차로 다시 돌아가 다른 차량 들의 진행에 지장이 없도록 이 사건 승용차를 갓길로 붙여 주차 시킨 후 피고인 손희재와 함께 승용차에서 내렸고, 조상필은 호남철교 밑 구부러진 도로 쪽에서 기다리고 있었다는 것이다.

그런데 기록에 의하면, 사건 당일인 2008. 2. 6. 19:00부터 23:00경까지 피고인들 및 조상필의 통화내역상 기지국의 위치가 이들 모두 오정농에서 중촌동으로 이동한 것으로 확인된 사실을 알 수 있는바, 이점으로 보아 단속장소인 중촌동까지 이들 3명이 이 사건 승용차에 함께 타고 이동하였을 가능성이 있다 할 것이고, 이 사건 승용차의 정차 지점이 단속장소와의 거리가 상당히 떨어져 있음을 감안할 때 피고인들로서는 전방에 음주단속이 있다는 것만 인식하였을 뿐 의경이 추격해 온다는 사실을 미처 모르고 있었을 여지가 있으므로, 피고인 남명재가 도망가다가 다시 돌아와서 승용차를 갓길 쪽으로 붙여서 주차 시키는 행위가 반드시 납득하기 어렵다고만 볼 수 없으며, 이 와 같이 피고인 남명재가 도망가다가 다시 돌아와 차를 주차한 후 피고인 손희재와 함께 승용차에서 내리는 장면을 신석현과 오창원이 보았을 가능성이 없지 아니하다.

더구나 오창원은 이 사건 승용차에서 내려 도망가는 남자를 뒤쫓아가던 중 호남철도 아래쪽으로 교각 옆을 지나 위쪽 천변 도로로 완만한 "ㄴ"형으로 꺾여있는 부분에서 그 남자와의 추격 거리가 벌어져 있고 도로 구조가 꺾여있는 상태에서 약 3초 내지 5초 정도 그 남자의 모습을 시야에서 놓쳤다가 도망하고 있는 남자를 다시 발견하여 검거하였다는 것이고, 피고인들의 변소 내용에 의하면, 조상필이 제일 빨리 도망가기는 했으나 피고인 남명재가 이 사건 승용차가 있을 곳으로 돌아갔다가 오는 사이에 부근에서 기다리고 있었고, 오창원이 쫓아오는 것을 알아차린 피고인 남명재가 조상필보다 빠른 속도로 조상필의 앞을 지나쳐 다른 방향으로 뛰어서 도주하였다는 것인바, 위와 같이 오창원이 시야를 놓친 사이에 피추격자가 피고인 남명재에서 조상필로 바뀌었을 가능성이 없다고 볼 수 없다.

한편 이 사건 승용차는 피고인 남명재의 소유로서, 이 사건 당시 피고인들과 조상필 모두 동승하고 있었다면 차주인 피고인 남명재가 자동차운전면허도 없고 음주 상태인 조상필로 하여 이를 운전하게 한다는 것은 상식적으로 생각하기 어려운 일인 데다가, 조상필은 체포 직후, 이 사건 승용차의 차주인 피고인 남명재가 운전한 것이라고 주장하면서 주취 운전자 적발 보고서에도 날인을 거부하였고, 피고인 남명재는 사건 당일 조상필 및 경찰과 전화 통화를 하면서 조상필이 아니라 자신이 운전하였음을 인정하였으며, 그 이후 수사기관에 출석한 이래로 원심에 이르기까지 일관하여 자신이 운전한 것이 맞고 조상필이 운전한 것이 아니라고 진술하고 있는데, 실제로 이 사건 승용차를 운전한 사람이 피고인 남명재가 아니라 조상필이라면, 위와 같은 체포 경위 등에 비추어 조상필과 피고인 남명재가 운전자 바꿔치기를 모의할 시간이 있었다고 보기 어려운 것은 물론, 동호회에서 알게 된 사이에 불과한 피고인 남명재가 조상필을 위하여 사실과 다르게 자신이 운전한 것이라고 거짓말을 할 동기나 이유를 찾아보기 어렵다.

또한 피고인 남명재가 이 사건 당일 밤 경찰과의 전화 통화에서 출석하겠다고 말하고도 경찰에 출석하지 않고 그대로 귀가하여 버렸다는 점에 관하여 보면, 원심이 인정한 사실에 의하더라도, 피고인 남명재는 사건 당일 밤 '음주 운전하였는데 경찰이 단속하기에 도망갔다'라며 평소 알고 지내던 경찰관 문희명에게 조언을 구하였다는 것인바, 이미 조상필이 체포된 것을 알고 있는 피고인 남명재의 입장에서 자신이 운전한 사실이 없다면 이와 같은 조언을 구할 이유가 없다고 할 것이므로, 원심이 들고 있는 위 사정은 이 사건 승용차를 운전한 사람이 조상필이라는 점을 뒷받침할 근거로 삼을 수 없고, 오히려 피고인 남명재가 이 사건 승용차를 운전하였다고 볼만한 사정이 상당하다.

이상과 같은 여러 가지 사정들을 종합하여 보면, 원심이 지적하는 대로 피고인들 사이에 일부 진술이 불일치하고 피고인 남명재가 운전하였다면 조상필이나 손희재가 도망할 만한 뚜렷한 이유가 없다는 점 등 그 진술의 신빙성을 의심할 여지가 전혀 없지는 않음에도 불구하고, 이 사건에 제출된 다른 증거 내용에 비추어 조상필에 대한 형사사건의 확정판결에서의 사실 판단을 그대로 채용하기 어렵다고 할 것이고, 원심이 들고 있는 나머지 증거들만으로는 합리적인 의심의 여지 없이 피고인들이 자신의 기억에 반하는 허위의 사실을 진술하였다고 단정하기에 부족하다 할 것이다.

그러함에도 원심은 앞서 본 증거만을 들어 피고인들의 유죄를 인정하고 말았으니 이러한 원심의 조치는 증거의 가치판단을 그르친 나머지 논리와 경험칙에 위배 되고 자유심증주의의 한계를 벗어나 판결 결과에 영향을 미친 위법이 있고, 이 점을 지적하는 상고이유의 주장은 이유 있다.

그러므로 원심판결을 파기하고 사건을 다시 심리·판단케 하기 위하여 원심법원에 환송하기로 하여 관여 대법관의 일치된 의견으로 주문과 같이 결정한다.

대법원이 원심판결을 파기하고 대전지방법원으로 환송한 것이었다.

대법원이 선행사건인 상필 음주운전 사건에서는 운전자가 상필이라고 판단하고, 이 사건 명재, 희재의 위증 사건에서는 상필이 운전자가 아닐 수 있다는 서로 상충모순(相衝矛盾) 되는 판결을 선고한 것이었다.

"음주운전 차 한 대, 운전자는 둘?"

대법원판결은 조선일보를 비롯한 중앙일간지와 대전지역 지방지들이 1면 머리기사로 앞다투어 보도되었고, 공영방송들의 9시 뉴스를 장식했다.

'형사재판에 있어서 이와 관련된 다른 형사사건 등의 확정판결에서 인정된 사실은 특별한 사정이 없는 한 유력한 증거자료가 되는 것이나, 당해 형사재판에서 제출된 다른 증거내용에 비추어 관련 형사사건의 확정판결에서의 사실판단을 그대로 채용하기 어렵다고 인정될 경우는 이를 배척할 수 있다'라는 취지의 이 판결은 세간의 이목을 끄는 데 충분했다.

사회 > 법조

음주운전 차 한 대 운전자는 둘?

운전자, 대법서 징역형 확정, 조수석 "내가 운전" 위증죄엔 대법 "운전했을 수도" 무죄

윤주헌 기자
입력 2011.12.05. 03:11

남모씨와 조모씨는 2008년 2월 함께 술을 마신 뒤 남씨의 그랜저 승용차를 타고 가다 멀리서 경찰이 음주 단속을 하는 것을 봤다. 두 사람은 갓길에 차를 세운 뒤 달아나 남씨는 현장을 벗어났으나 조씨는 부근에서 경찰에 붙잡혔다.

운전면허도 없던 조씨는 경찰에서 "남씨가 운전했다"고 주장했고, 달아났던 남씨도 다음 날 경찰에 나와 자신이 운전했다고 진술했다. 그러나 "조씨가 운전석에서 내린 것을 보고 쫓아가 잡았다"는 경찰의 진술을 근거로 기소된 조씨는 대법원에서 음주·무면허 혐의로 징역형이 확정됐다.

남씨는 "운전을 하지 않고도 운전했다고 거짓말했다"며 위증죄로 기소돼 1·2심에서 징역 8월을 선고받았다. 그러나 남씨에 대한 위증 사건 상고심에서 대법원 3부(주심 신영철)는 남씨에게 무죄 취지로 선고하고 사건을 대전지방법원으로 돌려보냈다고 4일 밝혔다.

재판부는 "이들이 차를 세운 곳은 음주 단속 지점에서 약 120m 떨어져 있고 오후 10시쯤이라 사방이 어두컴컴했다"며 "경찰관의 시력이 아무리 좋아도 육안으로 쉽게 식별을 할 수 있을지 의문이 든다"고 밝혔다.

재판부는 이어 ▲차주(車主)이자 면허가 있는 남씨가 운전을 한 게 상식적에 맞는다는 점 ▲남씨가 도망을 갔다가 아는 경찰관에게 전화해 "음주운전하다가 도망쳤다"고 조언을 구한 점도 인정했다.

만약 남씨에 대한 파기환송심에서 남씨가 운전한 게 인정돼 위증 혐의가 무죄로 확정되면, 법률적으로는 이 사건 승용차를 조씨와 남씨 두 사람이 운전한 것이 된다. 이는 두 사건 중 한 사건의 재판이 잘못됐다는 뜻이 돼 나중에 둘 중의 한 사건은 재심 절차를 밟아야 최종 결론이 날 것으로 보인다.

8. Re 재판 IV
- 뒤바뀐 진실

"뒤 바뀐 진실"

2012. 1. 20. 명재, 희재에 대한 파기환송심인 대전지방법원 형사 항소부는 대법원판결 취지에 따라 명재, 희재에 대하여 무죄를 선고하였고, 그 사건에 대하여는 검사의 상고가 없어 그대로 확정되었다.

상필은 이후 재심을 청구하여 2012. 8. 20. 자신의 사건에 대하여 무죄를 선고받았고, 검찰에서는 상필을 위증죄로 입건하지 않았다.

2008년 8월에 시작된 재판이 2012년 8월이 되어서야 4년의 세월 만에 종지부(終止符)를 찍은 것이었다.

명재는 2011년 11월 13일 무사히 노모의 88번째 생신상을 챙겨드렸고, 아이들도 감쪽같이 모르는 일이 되었다.

상필도, 희재도 일상으로 돌아갔다.

다만 상필은 구속수감 된 후 직장에서 해고되어 무직이 되었고, 희재는 수년간 수사와 재판을 받은 후유증으로 정신과 치료를 받기 시작했다.

그렇게 네 번의 겨울이 가고, 봄이 가고, 다시 여름이 되었다.

9. 마지막 재판
- 미궁의 끝

"술잔 속에 남아 숨 쉬고 있는 나머지 진실"

매미울음 소리 따가운 오후 시간, 귀에 익은 목소리의 세 친구가 도솔산 아래 갑천 인근에 있는 닭볶음탕 집에 모여 대낮부터 술타령이다.

"야! 상필아! 너 그때 경찰관에게 무슨 생각으로 명재가 운전했다고 주장할 생각을 했냐?"

낯익은 여자의 목소리다.

"그때 대리기사가 안 오니까, 명재가 술을 거의 안 마신 희재 너한테 운전을 하도록 시켰잖아! 그리고 음주 단속하는 것 보고 겁에 질려 차 안에 꼼짝도 못 하고 있던 너를 억지로 내리게 하고 차를 갓길로 움직여 정차한 사람도 명재고! 그러니 명재가 모두 책임져야 하는 거 아냐? 그래서 명재가 운전했다고 말한 거지."

상필의 목소리 같기도 하다.

"그만둬, 임마! 이제 그 얘기는 그만하자! 뭐 좋은 일이라고 자꾸 재방송이냐!"

명재의 목소리처럼 들린다.

"그때 경찰이 나를 붙잡아 물어봤으면 내가 운전했다고 말했을 텐데, 경찰은 그냥 나를 지나쳐 상필이만 쫓아가 붙잡더라고! 도대체 운전자인 나와 명재를 놔두고 상필이만 쫓아가 붙잡은 이유가 뭐야?"

희재의 목소리가 분명하다.

"명재가 날쌔게 먼저 도망쳐 사라졌잖아. 도망치는 놈들이 남자, 여자 이렇게 둘이라면 누구를 잡겠냐? 남자를 잡겠지! 너라면 안 그러겠냐? 바보, 천치들!"

상필의 목소리도 명확하다.

"다 내 탓이니, 그만하고 술이나 마셔!"

명재다.

마침 다른 손님들과 식사 약속으로 조금 일찍 식당에 도착한 양 변호사는 익숙한 목소리에 홀리듯이 몸을 칸막이 쪽으로 기울였다. 삼키는 침 소리마저 대화를 끊을까 조심스러웠다. 대화는 계속되었다.

"그때 내가 운전대를 잡고 그대로 음주 측정에 응했어도 아마도 입건되지 않았을 수도 있었지. 왜냐면 나는 거의 술을 마시지 않았으니까!"

희재다.

"그래! 명재 니가 술에 취해 정신이 없었는지 미리 겁먹고 도망치도록 해서 문제가 된 거야! 애고 이 멍청아!"

상필이다.

"고마해라! 마이 무따 아이가?"

명재가 영화 '친구'에 나온 한 대목의 사투리 대사로 더 이상 그 이야기 꺼내는 것을 막는다.

칸막이로 가려진 옆 좌석에서 우연히 세 사람의 얘기를 듣고 있던 양 변호사가 벌떡 일어서더니 자리를 박차고 밖으로 나간다.

아뿔싸!

아무도 희재에게는 관심을 두지 않았는데!

명재냐, 상필이냐를 두고 4년 동안 그렇게 힘든 재판을 이어왔는데, 실제 하상도로 운전자는 희재였고, 명재는 희재를 운전석에서 내리도록 한 후 갓길로 그 차를 주차한 사람이었다.

그러니 분명하게 음주운전을 한 사람은 명재가 맞았다.

다만 희재에게 음주 측정을 했다면 입건수준치(당시 혈중알콜농도 0.05%) 이쪽저쪽 정도 되었을 것이었는데, 미리 겁을 먹은 명재가 도망치도록 오버한 것이었다.

단속 경찰관들은 차를 주차한 후 운전석에서 내리는 남자의 모습을 어렴풋이 본 것이고, 도망치던 남녀 두 명 중 남자인 상필을 운전자라고 판단한 것이었다.

명재는 이미 사라진 상태였으니...

상필에 대하여 무죄를 선고한 1심 판사는 이런 사실을 상상 속에 그려보며 판결을 쓴 것일까?

"그런데 피고인이 아닌 남명재나 손희재가 음수운전을 하였다는 명확한 증거도 없습니다. 따라서 오늘 피고인에게 무죄를 선고하는 것입니다. 내가 오늘 속았을 수도 있고, 다른 사실관계가 있을 수 있습니다. 피고인과 일행들은 만일 나를 속였다면, 내가 오늘 속아준 의미를 가슴속에 새기고 앞으로 다시는 이와 같은 일이 없도록 유념하시기 바랍니다."

명재, 희재에 대하여 파기환송 판결을 선고한 대법관은 미궁의 끝을 보았던 것일까?

"원심이 지적하는 대로 피고인들 사이에 일부 진술이 불일치하고 피고인 남명재가 운전하였다면 조상필이나 손희재가 도망할 만한 뚜렷한 이유가 없다는 점 등 그 진술의 신빙성을 의심할 여지가 전혀 없지는 않음에도 불구하고, 이 사건에 제출된 다른 증거 내용에 비추어 조상필에 대한 형사사건의 확정판결에서의 사실 판단을 그대로 채용하기 어렵다고 할 것이고, 원심이 들고 있는 나머지 증거들만으로는 합리적인 의심의 여지 없이 피고인들이 자신의 기억에 반하는 허위의 사실을 진술하였다고 단정하기에 부족하다 할 것이다."

그리고, 민 변호사는 기록을 통하여 이러한 사실을 눈치챘을까?
"그런데, 차에서 마지막 내린 사람이 누구지? 아무리 급해도, 명재가 차량에서 내릴 때 차들이 이동 중인 차선에 차를 그대로 두고 도망갈 수 있었을까?"

진실은 회복되었지만 반(半)에 불과했고, 더한 진실은 술잔 속에 숨어 있었다.

"변호사님, 오늘은 그냥 가시는 거예요?"
식당 주인이 뒤에서 부르고 있지만 양 변호사는 몇 분 후 도착할 손님들을 기다리지 않고 그대로 나가 버린다.

세 명은 옆 좌석에서 앉아 있다가 방금 나간 사람이 누군지 전혀 눈치채지 못한 채 또 다시 술타령이다.

4년간의 지루한 재판을 끝내고 종지부를 찍은 사건의 나머지 반(半)의 진실이 술잔 속을 빠져나와 다시 움직이고 있다.

에필로그

'하늘이 무너져도 정의는 세워라!'
'의심스러울 때는 피고인의 이익으로(in dubio pro reo)'

이 소설은 저자가 수행한 실제 사건 이야기를 기초로 하여 소설로 구성한 팩션(faction)이다.

이 소설은 무언가 거대한 음모가 숨어 있는 이야기를 다룬 것도 아니고, 어마어마한 스토리텔링도 아니다.

다만 우리 중 누군가에게도 이 소설 속 이야기처럼 갑자기 우연히 닥쳐올 수 있는 우리 자신들의 이야기일 뿐이다.

이 사건은 경찰, 검사, 판사, 변호사 법조 4역이 수사와 재판을 통해 법치주의를 구현하는 과정에서, 상식과 정의가 올바르게 작동되는지를 잘 가르쳐주는 사건이었다.

누군가가 자신에게 주어진 권력이나 책임, 의무를 다하지 않는 순간 다른 누군가에게는 엄청난 재앙이 될 수 있는 것이다.

'하늘이 무너져도 정의는 세워라!'

그런데 '정의학'의 대가 마이클 샌델(Michael J. Sandel) 교수도 정의라는 것, 진실이라는 것은 우리가 매 순간 추구하는 것이지, 누구도 확신하는 절대적 정의, 진실은 없는 것이라고 했다.

'의심스러울 때는 피고인의 이익으로(in dubio pro reo)'

우리는 항상 비판적 시각으로 정의와 진실을 수정하고, 중립적이고 객관적인 사유를 통해 한 걸음 한 걸음씩 그것들을 향해 나아가야 할 뿐이다.

그렇게 함으로써 깊어지는 사회적 갈등을 치유하고, 다름의 가치를 인정하고 포용하면서 더 좋은 사회를 만들어 가는 것이 아닐까?

독선(毒腺)과 억측(臆測)은 법치와 상식을 무너뜨리고, 사랑 없는 정의와 진실은 폭력이다.

2023년 8월 둔산동 서재에서
저자 양 홍 규

PS. 이 책이 출간되기까지 많은 도움을 주신 분들께 진심으로 감사드립니다. 특히 삽화로 책의 내용을 더욱 풍성하게 해주신 서양화가 임립 관장님, 작품 교정을 해주신 정수현, 윤희일 작가님, 이권복, 유미정, 이선우 등 공증인가 법무법인 화동의 직원들과 변호사님들, 흔쾌히 주인공이 되어주신 남재동 회장님 형제분들께 진심으로 감사드립니다. 또한 탈고하기까지 함께 서재를 지켜주면서 응원해준 아내 임민아 님에게도 특별한 고마움을 전합니다.

The 재판 Re 재판
ⓒ 양홍규

2023년 8월 28일 초판 1쇄 펴냄

펴낸곳 **J&J Culture**
펴낸이 정수현

디자인 디자인 지폴리
인 쇄 수이북스

등 록 2017.08.16 제300-2017-111호
주 소 원주시 지정면 가곡로 50, 1002-1901

전 화 010-5661-5998
팩 스 0504-433-5999
이메일 litjeong@hanmail.net

ISBN 979-11-984265-0-5 03360

값 18,000원

주문은 문자로~! 010-5661-5998
입금계좌 국민은행 813001-04-086498
예금주 제이제이컬처